DU MÊME AUTEUR

La Part animale (roman), Gallimard, 1994 (Folio n° 4643)

Le Rêve de Marie (poèmes), Le Temps qu'il fait, 1995

Clémence (poèmes et proses), Le Temps qu'il fait, 1999

Le Nocher (roman), Fayard, 2000

Les Terres froides (récit), Fayard, 2000

Peau noire peau blanche (illustrations de Mireille Vautier), Gallimard Jeunesse, 2000

La Femme dieu (roman), Fayard, 2001

Chair (roman), Fayard, 2002

Le Papelet (roman), Fayard, 2004

La Papesse Jeanne (roman ; réédition en un volume de *La Femme dieu*, *Chair* et *Le Papelet*), Fayard, 2005 (Le Livre de Poche, 2007)

Le Porteur d'ombre (roman), Fayard, 2005 (Le Livre de Poche, 2007)

Resplandy (roman), Seuil, 2010

L'Homme qui marche (roman), Mercure de France, 2014 (Folio n° 6008)

L'Été contraire (roman), Mercure de France, 2015 (Folio, n° 6290)

Indocile (roman), Mercure de France, 2017

Trois Enfants du tumulte, Mercure de France, 2018

Yves Bichet

La Beauté du geste

récits

Le Pommier

ISBN 978-2-7465-2623-5
Dépôt légal : 2023, janvier

Publié en accord avec l'Agence littéraire Astier-Pécher
170 *bis*, boulevard du Montparnasse, 75014 Paris

1

La confiture des rois

Choisissez de préférence une rémige d'oie femelle. Taillez-la soigneusement. Récupérez un bol de groseilles du jardin et incisez la première baie avec une paire de ciseaux effilés. Glissez-y doucement le bec de la plume d'oie. Ce biseau naturel ne doit pas blesser le fruit. Il est là pour isoler les pépins que vous ferez glisser l'un après l'autre dans la plume, sans mutiler davantage la chair de la groseille. Après ce tri, ôtez la rémige d'oie puis recouvrez l'entaille d'une minuscule pelure afin de reconstituer la pulpe au mieux. Réservez la baie ainsi épépinée dans une assiette et recommencez. Recommencez sans faiblir, indéfiniment, jusqu'à épépiner un kilo de groseilles en une heure et demie alors qu'il faut deux jours pour un débutant. Apprenez la patience, le geste sûr, rapide et sans beauté, l'économie des yeux. Aimez la fragilité de ces fruits minuscules que vous devrez soulager de leurs pépins pour qu'ils flottent dans la fameuse confiture comme des balles lumineuses, des baies translucides, appariées, légères, innombrables. Elles mijoteront deux heures dans le sucre perlé. Elles seront confites et aériennes au point de sidérer les puissants de ce monde, de surprendre leurs papilles, de limiter leur arrogance.

Délester les groseilles de leurs pépins est une leçon, comme un prélude à la vraie vie puisqu'on ôte ce qui gratte et entrave, qu'on se débarrasse des semences, que chaque graine s'échappe dans une plume d'oie. C'est un lest minuscule dont il faut se déprendre. Accessoirement, il s'agit de l'étape essentielle menant à l'élaboration du fameux caviar de Bar, cet entremets princier. Sans cette délicate exonération, ce travail d'allègement encore pratiqué de nos jours dans la Meuse, les pépins de groseille seraient confinés dans leurs fruits et les plumes d'oie n'auraient servi qu'à tracer des mots, noircir des milliers de pages, écrire des lettres ou des romans. Oui, elles ont produit des chefs-d'œuvre mais c'est du passé. Il n'en sort à présent que ces minuscules pépins empêchant les groseilles de flotter comme des ludions dans la confiture.

Caviar de Bar. Mets des rois. Fruits incisés avec une patience d'ange. Rémiges pénétrant la chair tendre. Pesant minuscule. Superflu diaphane... Les pépins triés par ces plumes valent leur pesant d'or et on reste bouche bée devant la dextérité immémoriale des ouvrières de Bar. Aucune machine n'a jamais pu les concurrencer. Leurs gestes sont nimbés d'une étrange beauté.

Revendiquez cet éclat, cette tenue. Optez pour l'apprentissage, pour le geste aberrant mais nécessaire et intemporel. Choisissez une rémige d'oie femelle. Taillez-la. Attrapez un bol de groseilles et incisez la première baie avec une paire de ciseaux effilés. Extirpez un à un les six pépins minuscules et réservez le fruit ainsi épépiné. Recommencez des dizaines de fois, des centaines de fois. Recommencez sans fin. Vous finirez par acquérir une certaine adresse et quand vous aurez libéré suffisamment de baies vous pourrez cuire la confiture des rois. Sa recette est secrète, jalousement gardée. Il est possible qu'après tous ces efforts vous soyez un peu déçu, que survienne une forme de déconfiture ; vous n'en aurez pas moins connu la manière la plus euphorisante et la plus radicale d'éprouver un savoir-faire et de rendre hommage à l'habileté, à la beauté du geste.

2

À l'aveugle

J'ai croisé mon aveugle dans le train de Lausanne. J'ai caressé son chien. J'ai serré sa main râpeuse. Je l'ai dévisagé, apostrophé, humilié peut-être.

J'étais assis près de la motrice et je percevais la pulsation des moteurs, la vibration des dynamos qui tournaient sur elles-mêmes en nous tirant d'une ville à l'autre. Les autres bruits me semblaient ennuyeux et soporifiques. C'est le moteur que je voulais sentir, la bête métallique qui tournique et entraîne. Mais cette mécanique-là, présentement, était à l'arrêt. L'Intercités ne bougeait plus, la dynamo ne piaffait pas. Nous étions immobilisés quelque part entre Genève et Lausanne, en gare de Morges je crois, et le train tardait à repartir. Le Léman était huileux et sombre, d'un gris soutenu, magnifique. Le vent s'était levé et soufflait en rafales. L'orage grondait au loin. Un incident venait de se produire sur le quai, un tohu-bohu policé, suisse romand en diable, qui s'était calmé sitôt que le chef de gare, téléphone portable vissé à l'oreille, eût décidé d'autoriser le sujet de la controverse – un grand labrador beige – à monter en voiture avec son maître. Un homme chauve les accompagnait. Il guida son ami à la meilleure place, près de l'entrée, s'assura que tout était en ordre, tickets, voisinage, casse-croûte, animal de compagnie, bouteille d'eau, iPhone, canne blanche, etc. Le chien se coucha en boule entre les jambes de l'aveugle, un grand gaillard bronzé, aux mains énormes, qui venait de se laisser tomber sans un mot à côté de moi. Je dus m'écarter pour lui faire place. Je le dévisageai un instant avant de replonger dans mes notes sur *La Beauté du geste*, thème central du colloque auquel je devais participer dans une petite bourgade de Suisse alémanique.

À peine le train reparti, le type pivota d'un bloc vers le lac qui miroitait derrière la vitre et ôta ses lunettes. Un aveugle retire rarement ses lunettes en public. Lui le fit lentement et solennellement. Je reculai contre l'appuie-tête. Il toussa à deux reprises puis, d'un mouvement d'une extrême douceur, leva la main à hauteur de visage et se mit à frotter le haut de son nez marqué par les lunettes noires. Après quoi, du bout des doigts, il caressa son arcade sourcilière. Il la caressa pensivement, la lissa. Ce geste était simple et très beau. L'aveugle suivait doucement le contour de son orbite. Il en appréhendait le tracé, la texture. Ses sourcils étaient sombres et broussailleux. Il ne les domptait pas. Il les effleurait. Après un temps, il se pencha en avant et, du gras du pouce cette fois, caressa les yeux de son chien aux orbites nettement moins saillantes, aux sourcils bien dessinés, blonds, souples et légers. La bête poussa un gémissement de plaisir, secoua son harnais et posa délicatement le museau sur les genoux de son maître. J'éprouvai un sentiment de plénitude étrange. Ces deux êtres vivaient l'un pour l'autre. Ils se rendaient hommage, en quelque sorte. Leur rituel était d'une pudeur et d'une élégance rares. Après avoir exploré le contour de ses yeux vides, mon voisin câlinait ceux de l'animal chargé de le guider dans le monde des voyants. Il en explorait les limites. C'était un geste confiant et bon. Je poussai un soupir, me penchai vers lui en me raclant la gorge. Le type claqua la langue. Probablement devinait-il que je voulais parler. Il secoua la tête pour me signifier de regarder ailleurs. Il me conseillait de m'occuper de mes oignons tout en continuant à caresser en alternance ses sourcils et ceux du labrador beige, instillant dans cette danse tactile entre leurs orbites quelque chose d'âprement analgésique.

Au bout d'un moment il posa les mains sur ses genoux, des mains puissantes aux doigts bronzés et noueux, aux paumes fendillées, se tourna et me présenta son dos à la carrure impressionnante. Tout en lui évoquait le baroudeur ou le commis de ferme plutôt que l'un de ces malvoyants qu'on imagine confinés la plupart du temps dans une institution. Il avait une nuque de taureau. Un instant, je le soupçonnai d'y voir aussi bien que moi, de jouer une sorte de comédie bizarre. L'idée du subterfuge me traversa l'esprit, aussitôt contredite par le souvenir des mots qu'avait prononcés son accompagnateur au moment du départ.

« T'inquiète, je m'occupe des cœurs-de-bœuf. »

Le type avait refermé la porte sur cette phrase énigmatique, me laissant seul avec l'aveugle et son chien de compagnie.

Le train démarrait. Les dynamos s'étaient remises à ronronner. Le paysage défilait sous mes yeux. Il y eut un moment de grand calme dans le wagon et mon voisin en profita pour vérifier d'une main experte le harnais du labrador. Le ciel s'assombrissait du côté des Alpes françaises. Le chien m'ignorait complètement. Je n'osai le regarder. J'étais gêné, dessaisi du tempo fébrile qui d'ordinaire rythme mes journées, comme à l'orée d'un monde nouveau et inconnu. Le chien posa le museau un peu plus haut sur la cuisse de l'aveugle qui, me tournant toujours le dos, se mit à lui caresser l'échine à rebrousse-poil. Après un moment, il lui tapota le haut du crâne. Ça sonnait le creux - un bruit de calebasse qui résonnait tranquillement dans le compartiment. L'animal semblait aimer cette privauté. Il salivait. L'aveugle attrapa sa gueule humide dans ses mains et recommença à lui frotter les sourcils avec les pouces. Ce mouvement me parut de nouveau si élégant et si tendre que, bizarrement, je me sentis soudain mal à l'aise. J'attrapai mon carnet de notes.

De quoi allais-je bien pouvoir parler, au fait, dans cette bourgade de Suisse alémanique ? De mon travail d'artisan ? De mes ambitions d'écrivain ? Des gestes du maçon répétés matin et soir sur les chantiers ? Du découragement chaque fin de semaine devant la perspective de devoir aligner quelques bouts de phrases sur un carnet ? De la corbeille à papier débordant de mauvais poèmes ? Du dos douloureux, des muscles épuisés, des gestes répétés au boulot, automatiques, efficaces et rigoureux auxquels on devrait bien reconnaître un jour sinon de la beauté, en tout cas une certaine tenue ? On vante l'endurance des sportifs mais ici, rien à célébrer. S'éreinter au travail est normal.

Seuls quelques gestes démodés suscitent encore l'intérêt du public, ceux du tailleur de pierre par exemple, du stucateur, du cintreur. La main du bâtisseur moderne est ennuyeuse. Sa tâche est rebutante même si son entêtement à la poursuivre quelle que soit la saison, qu'il pleuve ou qu'il vente, mérite le respect ou l'admiration. Le maçon éprouve son savoir-faire jour après jour.

Il l'améliore discrètement, en silence. Il affine sa technique sans revenir sur les erreurs du passé. Il se fiche de la beauté. Ce qui est fait est fait. Que dire de plus ?...

Qu'avec les mots, bien sûr, c'est l'exact opposé. Qu'on n'en finit jamais de retravailler les phrases, qu'on rature et corrige indéfiniment et que vouloir concilier ces deux activités est une illusion... Peut-être quc le côté définitif et irrévocable du geste artisanal lui confère un semblant de beauté. Peut-être. Lorsque la massette ripe et vient fracasser une phalange, on ne rature rien. Inutile de corriger. C'est trop tard. On ne regrette pas. On ne se lamente pas. L'ongle bleuit. C'est douloureux, on le sait. Le cœur se met à cogner au bout de l'index et il est impossible de revenir en arrière. Beaux ou laids, ces battements de cœur ? Prévisible ou stupide, ce geste de trop, cette erreur du bras, cette soumission de la massette qui atterrit toujours là où on la guide, là où il ne faut pas ?...

L'Intercités nous berçait. Ces questions me venaient en vrac. Je ne savais comment les organiser, les hiérarchiser. J'écoutais le ronron de la motrice et regardais mon voisin à la dérobée. Les raisons pour lesquelles on m'avait convié à ce colloque sur *La Beauté du geste* me semblaient soudain aussi ridicules qu'évidentes. L'aveugle aux doigts calleux caressait ses yeux morts puis, en alternance, les paupières de son chien. Il dénonçait par avance la vanité de nos échanges de spécialistes. La conférence battait de l'aile.

« Je peux vous poser une question ? »

Le type continua d'effleurer ses sourcils comme si de rien n'était. Un instant, je crus de nouveau qu'il se fichait de ma gueule. Débile léger, sourd-muet, provocateur ?... Mais la phrase de l'accompagnateur chauve me revint une seconde fois en mémoire, suffisamment précise et insolite.

« T'inquiète, je m'occupe des cœurs-de-bœuf. »

Difficile de trouver un au-revoir plus énigmatique... Je pris une grande inspiration, me tournai vers mon voisin et lui annonçai que je devais intervenir le lendemain dans une conférence sur *La Beauté du geste.* Il venait d'accomplir des gestes banals mais très beaux, très calmes. Avait-il quelque chose à dire à ce sujet ?

« Ça détend, de se caresser les sourcils. »

Après un silence il renfila ses lunettes avec une grimace.

« Vous me demandez mon point de vue sur la beauté du geste alors que je n'y vois rien. C'est humiliant. »

Il leva les bras et agita ses mains l'une en face de l'autre comme pour me signaler qu'il avait gagné la partie. Je restai silencieux. J'étais décontenancé par son geste et il s'en réjouissait.

« Je connais la beauté des fruits et des légumes. »

Il rabaissa les bras, caressa au passage les sourcils du labrador puis posa ses mains à côté de moi sur la banquette. Elles étaient toutes crevassées. Il avait les ongles en deuil.

« La beauté est un piège… Et votre conférence, un bavardage d'intellectuels ou de nantis. Il n'y a rien à dire sur la beauté du geste. Elle n'existe pas. De toutes les manières, on ne croise jamais la beauté, nous, les malvoyants. En tout cas pas la vôtre. Je n'ai jamais rien vu de beau. Mes yeux sont vides. Je n'ai aucune image à disposition. Je n'ai pas vu le jour… »

Il haussa les épaules avant d'ajouter avec un soupir qu'il lui arrivait de rêver à des trucs idiots.

« La trace des avions dans le ciel par exemple. Ou la couleur des joues des enfants en hiver. On l'évoque entre nous, mais ça reste abstrait. Sauf parfois dans les rêves… Je connais les bruits, les odeurs et le toucher. C'est déjà beaucoup, notez bien. Je suis cerné de bruits et d'odeurs qui, tant bien que mal, suppléent à l'absence de vision. Aucune beauté visible. Uniquement des sons, des contacts, des effluves. Surtout les contacts pour tout dire, le résultat de ce toucher épidermique tellement intimidant pour vous, mais qui chez nous est plutôt banal, informatif. Nous avons en mémoire tout ce que nous avons frôlé ou caressé, y compris quand c'est vraiment éloigné dans le temps. Le sein maternel, par exemple, ou encore la matrice où nous avons grandi. Même ce premier moule, l'utérus, l'empreinte initiale. Ça vous en bouche un coin ?... »

Je secouai la tête.

« C'est un avantage. Nous gardons souvenir de ce giron que vous vous empressez d'oublier. Vous laissez trop de choses derrière vous, monsieur, vos origines en premier lieu, le bain originel, ce nid de chair et d'eau. Vous observez le monde mais en réalité vous vous bouchez les yeux. Vous vous recroquevillez dans votre coquille pour oublier ce qui dérange. Comme le Christ après sa résurrection, qui n'a plus jamais voulu qu'on le touche. Il tolérait qu'on le voie, celui-là... Seulement qu'on le voie. On l'avait reconnu, c'était suffisant. Vous pensez vraiment que ça nous convient à nous, les aveugles ?... Le fils de Dieu nous a bien laissés tomber. »

Il se racla la gorge puis, bougon, bredouilla qu'il n'était pas croyant.

« Je frôle, je touche, j'agrippe, je caresse. Ce que je touche me redonne vie. Ni beauté ni laideur, seulement vie. »

Il eut un bref sourire et agita de nouveau les bras au-dessus de sa tête. Je ne savais trop comment interpréter son geste et regardais dehors. Le lac à côté de nous était d'une beauté à couper le souffle. Les différents plans de gris s'appuyaient les uns aux autres. J'eus envie de les décrire à mon voisin mais c'était inutile. J'attrapai mon carnet de notes pour garder souvenir de cette conversation. Le type remuait sur la banquette. Au bout d'un moment, il tendit les doigts, me saisit l'avant-bras et, d'un geste vif et sans appel, referma mon carnet.

« Je suis trieur-calibreur professionnel. Je gagne ma vie comme ça et je ne dépends de personne. On me paie rubis sur ongle. J'ai l'ouïe et le toucher très développés, comme la plupart des aveugles. Je peux évaluer en une seconde les qualités d'un fruit, son poids, sa forme, son parfum, son goût, son niveau de maturité, les saveurs à venir, la teneur en sucre. Je sais immédiatement où et comment le conserver. Je devine le moment où il exprimera ses arômes. Les ingénieurs agronomes ont imaginé des outils de pesage et de calibrage mais ce ne sont que des machines, des tapis roulants. De vulgaires tamis. Même le calibrage optique, ou prétendument optique, inventé récemment pour affiner le tri et isoler les fruits à haut potentiel gustatif, même ces nouvelles techniques ont leurs limites. Les professionnels sont méfiants. Les restaurateurs aussi. Et, du côté des consommateurs, on commence à s'apercevoir que le gabarit et la couleur des fruits ne font pas tout. Finalement, on en revient aux aveugles. On leur fait de nouveau confiance. On nous croit les yeux fermés. Yeux fermés, notez bien ! Calibrage, pesage, évaluation, tri... L'industrie alimentaire continue à régenter tout cela, c'est-à-dire à s'occuper du tout-venant, du bas de gamme fade et sans saveur et, nous, on se garde les pépites, les cadeaux du ciel. Nos gestes ne sont ni beaux ni laids, ne vous y trompez pas. Rapides, efficaces, définitifs mais beaux, sûrement pas. »

Il me désigna ses doigts noircis et fendillés puis reprit ses caresses sur le visage du chien tout en évoquant les variétés de tomates qu'il triait chaque matin : cœurs-de-bœuf, Marmande, noires de Crimée, andines, roses de Berne, Arkansas, etc.

« Chacun son boulot, n'est-ce pas ?... À nous les fruits et légumes, à vous la beauté du geste. »

Je hochai de nouveau la tête sans plus m'interroger sur ses bras bronzés, ses épaules de boxeur, ses ongles en deuil. Dehors le ciel s'assombrissait de minute en minute. Les lignes de crête disparaissaient à l'horizon. Les valeurs de gris se fondaient les unes dans les autres. Le lac commençait à s'agiter. Une première vague se forma au loin sous le ciel d'orage, longea la rive parallèlement à la voie ferrée et je vis des galets rouler sur la grève. Quelques gouttes de pluie strièrent la vitre du compartiment, mais l'aveugle n'en sut rien. Il continuait à parler de son travail.

« Nos mains font des miracles. Notre ouïe et notre odorat sont d'une finesse exceptionnelle. Mais paradoxalement nos yeux, bien qu'inutiles, continuent à produire des larmes. Mes pupilles ne voient rien mais ma cornée pleure. C'est injuste. Parfois même insupportable. Remarquez, le sucre fait pleurer les chiens et j'adore le sucre... »

Il plongea la main dans une pochette épinglée au revers de sa veste et en sortit un sachet de nougats.

« Ce sont les meilleurs ! Parfumés, bourrés de pistaches et de noisettes, tendres et croquants à la fois. Ils fondent dans la bouche. Je les fais venir directement des *Trois Abeilles*, en Drôme provençale.

Il avala deux nougats coup sur coup.

« Ça ne vous intéresse pas. »

Je serrai les lèvres tandis qu'il reprenait l'exploration des arcades sourcilières de son chien tout en mâchant son nougat. Le tonnerre s'était mis à gronder autour de nous. Un éclair de chaleur zébra le ciel et le train vibra bizarrement. La lumière baissa soudain dans le wagon. Il sembla que le jour tombait d'un coup. L'animal de compagnie vint se blottir contre son maître en frissonnant. Une rafale de vent très violente gifla les vitres du compartiment et la pluie commença à tambouriner sur le toit. L'aveugle interrompit un instant ses caresses, tendit la main vers l'appui de fenêtre, comme pour s'assurer de quelque chose. Son index balaya le bas du vitrage et il leva vers moi son doigt dégoulinant de pluie.

« Vous voyez... »

Il avait l'air content. Il promena de nouveau son doigt mouillé autour des yeux du labrador, peignant ses sourcils et caressant ses paupières d'un beau geste doux. Dehors, les rafales redoublaient d'intensité.

Le tonnerre claqua tout près de nous. Le chien se mit à gémir.

« Il a peur. J'ignore ce qu'il voit mais je sais ce qui lui passe par la tête. Sa tête sonne creux. »

Il lui tapota le haut du crâne.

« Certaines nuits, quand le ciel est prêt à exploser comme maintenant, quand ça tonne de partout, il se met à geindre. Il n'arrête plus de gémir. Les éléments se déchaînent à l'extérieur et ça le détraque. Ça me perturbe aussi, remarquez. Ça me trouble au point que de grandes figures géométriques fusent sous mes yeux, des sortes d'entailles de lumière, des zébrures. J'ignore si ces images sont réelles mais elles m'effraient. Alors j'engueule mon chien. Je lui dis de se calmer. Il gémit de plus belle et tremble de tous ses membres. Parfois je lui fiche une raclée mais ça ne sert à rien. Je regrette aussitôt mon geste. C'est comme ça avec les malvoyants. On a la rage et la larme faciles. Je le console. On renifle ensemble. Je lui caresse les yeux. Je lui explique qu'il faut prendre notre mal en patience, attendre que l'orage se calme, que les fragments lumineux disparaissent. Après coup il saute de joie et, moi, je ressens une immense fatigue. Beaucoup d'angoisse aussi. »

Il fourragea dans son sachet, attrapa un nouveau nougat qu'il tendit au labrador sans le déplier. L'autre le goba d'un coup de langue.

« L'orage le perturbe. Il m'aime infiniment. Il me suivrait jusqu'au bout du monde, mais c'est un gros froussard et il perd ses moyens au premier coup de tonnerre. On dit que l'amour est aveugle, n'est-ce pas ? »

Je me tournai et, d'une voix neutre, la plus neutre possible, l'interrogeai sur les zébrures. J'ignorais que les aveugles pouvaient percevoir ainsi la lumière, ressentir ce genre d'images. J'étais intrigué. Je lui attrapai l'épaule. Ses muscles roulèrent sous mes doigts. Sa peau était fraîche. Il posa la main sur la mienne et me souffla qu'il n'avait rien à faire de ma compassion mais que ce geste-là – toucher un aveugle – était joliment informatif. Un contact profitable pour tout le monde. Il garderait ainsi quelque chose de notre rencontre et ça devrait suffire. J'eus envie de l'interroger à nouveau mais il crispa les doigts et glissa de côté sur la banquette. Il gardait le visage obstinément tourné vers le porte-bagages. Ses lunettes l'agaçaient. Il les tritura. Un silence passa, rythmé par les halètements du chien et du convoi Intercités qui l'agaçaient aussi. Un dernier éclair de chaleur traversa le ciel suivi d'un coup de tonnerre assez violent qui nous fit sursauter tous les trois. L'aveugle rajusta ses lunettes et je vis qu'il pleurait.

« Ce n'est pas l'orage qui me tire les larmes, monsieur, ni les figures géométriques qui me vrillent le crâne, mais vos questions idiotes. »

Il récupéra sa canne et se leva pour partir. La porte coulissa sous son nez alors que la lumière revenait dans le compartiment. Les bourrasques s'espaçaient sur le lac. L'averse baissait d'intensité. La surface de l'eau retrouvait peu à peu sa couleur vert bouteille du début. Tout cela n'avait duré que quelques minutes. Plus de tonnerre, plus d'écume sur le lac, juste quelques vaguelettes irrégulières le long de la berge. Les montagnes réapparaissaient dans le lointain, somptueuses, vivantes, chapeautées de blanc pur. Un rayon de soleil perça la nuée, oblique, vif et poignant comme les mises en garde de l'aveugle. Je me tournai de son côté, aperçus brièvement le reflet du soleil sur ses lunettes noires. Le labrador tira son maître dans le couloir en me jetant un œil torve.

3

Toucher l'écran

La ville renaît. Les badauds envahissent les jardins. Les bancs publics sont occupés dès les premières heures de la matinée. Les sportifs s'étirent entre les arbres, frottent leurs muscles endoloris, lèvent le bras, interrogent leur montre pour évaluer en temps réel performances, progrès, fatigue et réserve d'énergie. Les amants se fichent de la réserve d'énergie. Ils préfèrent changer d'allée, longer le parterre de fleurs ou entrer dans le bosquet foisonnant de passereaux. Il fait doux. La ville bourdonne. Les passereaux pépient. Une femme enceinte s'assied à l'écart pour caresser son ventre. Son mari la rejoint, peut-être son amant, et la regarde pensivement. Un peu de brume flotte au-dessus des bassins. Une nounou africaine effleure la joue veloutée de l'enfant dont elle a la charge et qui somnole dans son landau. Un homme attrape sa vieille mère par l'épaule, la serre contre lui. La femme proteste en gloussant de rire, se déhanche, se tord en arrière comme unc poupée. Un garçonnet échappe à la surveillance de ses parents. Il caresse la balançoire où il n'ose grimper. Une jeune fille se tourne vers le mur et examine son torse. Elle a les cheveux teints. Elle frôle du doigt ses seins naissants. Des canetons se suivent à la queue leu leu sur le plan d'eau. Un grand-père réfugié sous la charmille lèche son index chaque fois qu'il tourne la page de son livre. Le footballeur fait un signe de croix en embrassant son ballon. Le nourrisson frotte ses paupières à deux mains. Ses jambes dépassent du berceau. Il les remue comme une grenouille. Un peu plus loin, à l'extérieur, un danseur de hip-hop tournoie sans fin devant le porche de l'église. Sa sébile est vide. Il est jeune et bronzé. Plus loin encore, une fois passé la porte, le curé brandit le corps du Christ au-dessus d'une assemblée éparse. Les croyants baissent la tête, hésitant à fixer le calice, à caresser l'hostie des yeux. Je ne comprends pas cette prudence. Je m'éloigne. Je caresse tout des yeux.

Sitôt dehors, je constate que le danseur a disparu.

Deux petits nuages blancs se poursuivent dans le ciel. Je récupère mes affaires et éteins le téléphone portable qui me harcèle autant qu'il m'accompagne. Nos journées sont ponctuées de sonneries, d'appels, d'avertissements, de recommandations diverses. Les écrans nous suivent à la trace. Ils témoignent de toute chose avec une fidélité agaçante. J'éteins le mien mais, une minute plus tard, il me manque. Je le rallume et retrouve les inconnus du parc, leurs gestes, la vidéo des canards, le ciel qui se couvre peu à peu, l'agenda qui défile, les infos du jour. Tout s'annihile allègrement. Tout est immédiatement souvenir. Je n'existe pas sans ce cumul d'images. Mes doigts ne se tendent jamais pour en saisir d'autres, ma main ne se lève pas pour demander la parole, saluer, choisir une direction, même pas pour sentir le vent ; elle se contente de toucher une plaque de verre. Elle consulte un boîtier digital. Je n'ai pas besoin de cette archive. Je suis assigné, confiné dans un étui rassurant et glaçant à la fois, que je crains de perdre. Il est là, au fond de ma poche. Il est bien là. Je le caresse, puis je porte machinalement les doigts à mon nez. Mes doigts sentent le plastique, la vieille coque. Je me souviens que le danseur de hip-hop sentait le patchouli, que le bébé sentait le Mustela, le curé la bougie et l'encens, les sportifs la transpiration et la nature tout entière le renouveau, la jubilation, le frais... Le téléphone ballotte dans ma poche, continuant à tout classifier silencieusement. Ça me tranquillise. Pourrai-je un jour échapper à l'emprise de cet outil que je caresse pour un rien et qui témoigne de tout à tort et à travers ?...

J'en ai assez de ces gestes automatiques. Je voudrais un mouvement imprévu, sans caresse digitale, sans écran, sans capture, sans technique. Peine perdue. Je n'y arrive pas. Il me reste quelques mots griffonnés sur un carnet et surtout les odeurs que l'écran ne peut pas déceler, dont il ne sait que faire... Je les collectionne en secret.

Mon amour, convoque ce qui échappe à l'image, souviens-toi des odeurs. Rappelle-toi notre émoi, jadis, en découvrant les remugles somptueux de nos corps. Rappelle-toi notre fou rire dans cette maisonnette momentanément privée d'internet, au moment de nous glisser dans le lit et d'y découvrir un premier nid déjà parfaitement aménagé, avec des glands, des brins de paille, des coquilles de noix, des feuilles mortes et des crottes de loirs en guise de paraphe. Rappelle-toi le parfum des draps aussitôt lavés et séchés en plein vent. Les yeux oublient. Ils ne savent plus rassembler les souvenirs. La vision omet de se combiner au toucher, le toucher à l'odorat et le grand dérèglement des sens, peut-être, aux sentiments... Rappelle-toi le parfum de lavande après mes longues nuits de travail. Rappelle-toi l'odeur prégnante du feu. L'odeur de la sueur. Aime-moi. Oublie un instant ces portables où ne s'inscrivent que des images et des sons. Hume-moi. Tes cheveux sentent le pain grillé, ton nombril la pomme reinette, le creux de ta paume la réglisse, la plante de tes pieds le cuir tanné, tes reins la terre mouillée ou parfois le varech, et il n'y a rien de mieux à faire, vraiment, que de vagabonder vers ton ventre pour savoir que l'écran est un allié décevant. Un décor.

4

L'arcade

Elle me regarde de ses grands yeux confiants. Elle scrute mon visage, attendant que je tende la main et que je caresse son petit front bombé. Rien de tel pour la calmer, lui faire oublier le besoin de nourriture ou les tiraillements de son ventre. Je promène mon index le long de ses sourcils. Elle me renvoie un sourire venu de loin, de très loin, tandis que j'effleure cet ourlet de chair duveteuse et incurvée. C'est une sensation nouvelle. Elle semble apprécier. Elle penche la tête, roule les yeux, émet une sorte de gazouillis, un bruit de gorge qui m'inquiète. Je retire mon doigt. Elle cligne les paupières. Le galbe délicat de l'arcade m'apparaît soudain à la manière d'une ligne spectrale décrivant sans pitié la forme de son crâne, l'os à venir, le futur contenant évidé. C'est sous ce dais voûté que nos yeux se croisent. L'arcade sourcilière protège les yeux de mon enfant tout en suggérant qu'ils vont se déliter un jour, que la matière si dense et si lumineuse de l'iris devra fondre et laisser place à une cavité. Effroi... Cette lisière préfigure la fin du corps. Elle est mince, ourlée, gorgée de sang.

À la naissance déjà, ses paupières étaient recouvertes de ces deux boucliers courbes. Que les sourcils souples et follets du nourrisson durcissent au fil du temps, qu'ils deviennent lentement broussailleux, qu'ils blanchissent année après année, se révèlent indomptables et entortillés sur eux-mêmes, tout cela importe peu. C'est le même galbe, le même entour de chair et d'os... Je glisse de nouveau l'index le long de l'arcade. Elle me regarde. Elle attend autre chose. Je provoque une seconde d'étonnement en continuant à la caresser et reçois en retour ce même sourire venu de loin, loyal, paisible, lénifiant. Je l'avais prise de court la première fois avec ce geste d'effleurer ses sourcils. Elle me regarde. Elle est toute petite. Ce contact rassure. Il force à s'interroger sur la nature du corps paisible. Elle ne désire rien d'autre que s'emmitoufler dans cette caresse avant de sentir le sommeil la gagner. Je pense aux amoureux dont les mains filent ailleurs, guettant le désir et l'émoi. Il n'y a pas d'ailleurs ici, pas de désir, pas de trouble. Les yeux se voilent. L'arcade est asexuée. C'est un lieu de confiance et d'abandon qui reçoit sans réclamer, une invitation à aimer sans étreindre, un simple contour. Le doigt glisse doucement de la naissance du nez à la tempe, lustre ce bombé et s'éloigne des yeux. Le geste délimite et accompagne. Il ne promet rien. Il est à la fois pudique et sensuel. Le doigt qui effleure l'arcade ne dirige pas, ne contrôle rien, caresse seulement, convoque l'enfant en nous. Ainsi, l'espace d'un instant, elle me regarde, elle cligne des yeux et il semble vraiment qu'il n'y ait plus de sauvagerie en ce monde.

5

Quinze ans plus tard

Elle écarte son bol de céréales, pose les mains sur la table, laisse tomber son menton sur sa poitrine, secoue la tête de droite à gauche puis soudain, d'une voix sourde et résolue, annonce qu'elle va se faire percer les narines. Elle balance tous ses cheveux vers l'avant et son visage disparaît d'un coup... On ne voit plus rien, pas même ses yeux, seulement cette crinière ébouriffée qui ondule et la sépare du monde. Elle peut la modeler à sa guise, cette chevelure, à l'inverse du nez ou de la bouche, ou même du contour de ses yeux qu'elle maquille à peine. Elle peut la teindre, la raser, la friser, la couper selon l'humeur du moment. Parfois, elle rêve de traiter le reste de son corps comme elle traite ses cheveux, tout enduire de gel par exemple, les cils mais aussi les narines, les paupières, les lèvres. Ou alors tailler dans les parties enfantines de son visage, réduire ses joues trop rondes, rogner son menton pointu, remodeler ses oreilles.

Elle balance la tête, agite le rideau de cheveux puis, avec un soupir, plonge la main dans la poche de son jean, en sort un petit canif de Tolède qu'elle enfonce à côté d'elle sur la planche à pain. Je m'abstiens de réagir. Ma fille aime les couteaux, les dagues, les tranchoirs. Elle collectionne les armes blanches. Elle adore le Moyen Âge. Une fois le canif planté, toujours cachée derrière ses cheveux, elle me chuchote que, pour ses narines, ce sera des papillons de nuit...

Je tente d'engager la conversation. Je lui dis que, durant ce haut Moyen Âge qui la fascine tellement, le corps humain appartenait à Dieu et toute intrusion dans l'organisme, toute intervention sur un épiderme valaient aussitôt bannissement. Seuls les brigands ou les meurtriers avaient la peau poinçonnée. On leur perçait les oreilles, on leur cerclait la nuque, on entaillait leurs chevilles avec des anneaux en fer. Ainsi les chairs indignes étaient bannies et débusquées aux yeux de tous. Nul n'avait le droit d'intervenir sur l'ouvrage de Dieu. On acceptait son corps comme un cadeau, un présent qui ne se corrigeait sous aucun prétexte, dont les défauts et les tares ne pouvaient s'abolir. On se contentait de cultiver la terre indéfiniment, de guerroyer et de rendre grâce.

Ma fille reste immobile. Elle ne semble pas concernée. Pourtant elle est croyante, elle me l'a répété plusieurs fois. J'ai très envie de tendre la main, d'écarter le rideau de cheveux noirs qui ondule et lui parler les yeux dans les yeux. Je n'ose pas et ça m'agace.

Les papillons surtout m'agacent.

Imaginer deux petits tubes métalliques trouant sa peau magnifique me révolte. En aucun cas on ne devrait perforer des narines aussi fines et douces. J'ai déjà de la difficulté avec les seringues et les prises de sang. Je ne supporte pas de voir une veine transpercée par un trocart, *a fortiori* celle de ma fille, la chair de ma chair... Je soupire, jette un rapide coup d'œil au rideau puis poursuis mon récit en expliquant que la prostitution était tolérée dans ces siècles lointains, mais à condition justement de ne pas chercher à modifier le corps. Les filles avaient le droit de dévoiler leurs attraits aux badauds ou aux voyageurs de passage. Les femmes plus âgées aussi, de profession analogue, mais sans en changer l'allure, sans essayer de paraître plus jeunes ou plus appétissantes. Tromper quelqu'un sur la marchandise est une indignité. La naissance et le temps passé œuvrent à leur rythme et à leur convenance, Dieu l'a voulu ainsi. Une vieille prostituée décrépite et édentée avait le droit de poursuivre son commerce mais à la stricte condition de rester berchue et ridée comme une pomme.

Ma fille m'écoute toujours aussi paisiblement, le visage dissimulé derrière ses cheveux. Elle se fiche de mon discours à la morale incertaine. Tout juste secoue-t-elle encore ce voile qui la protège du monde en m'entendant prononcer le mot « marchandise », une autre fois après le mot « berchue ». Elle hausse les épaules, attrape une mèche et se la fourre en silence devant le nez.

Il reste à expliquer l'ordalie.

La vie des femmes était un supplice à l'époque. Dès qu'un conflit surgissait, un fléau sanitaire, des morts suspectes, on s'empressait de dégoter une fautive dans les environs, esseulée et pubère de préférence, qu'on désignait à la vindicte populaire. La jeune femme était immédiatement accusée des maléfices qui frappaient la population. On l'exposait aux yeux de tous et l'on organisait ensuite une ordalie afin de confirmer sa culpabilité. On lui plongeait les bras dans une cuve remplie d'huile bouillante, on la précipitait dans une mare sans fond, on la jetait du haut d'une falaise dans la mer tumultueuse. Si elle était innocente, elle s'en sortait indemne, sans blessure ni cicatrice. C'est ainsi. Les femmes sont intrépides et dangereuses. Leur fente exsude d'étranges sanies, leurs organes débordent de pus. Cependant Dieu les a bel et bien chargées de porter les enfants et il convient de célébrer Sa gloire en les garnissant de semence à tour de rôle tout en se protégeant, en essayant de ne pas tomber dans leurs rets. Certaines femelles habitées par le Malin contrecarraient ouvertement la volonté divine et empêchaient les mâles de les féconder ou, pire, la pluie d'arroser les semis du printemps. Ou au contraire l'obligeaient à tomber en abondance l'été pour corrompre les moissons. Les pestilences réapparaissaient. La foudre s'abattait sur les troupeaux. Les femmes étaient responsables de tout, accusées de tous les maux de la société en attendant que l'ordalie, par la grâce de Dieu, ait décidé que l'une ou l'autre s'en sortirait vivante. Cela n'arrivait jamais. Elles n'étaient jamais absoutes. Elles périssaient. Elles expiaient leurs fautes tout en confirmant qu'elles étaient habitées par le diable. On les laissait crever. Et si, par malheur, la pluie tant espérée ne venait pas, si l'épidémie se répandait, on trouvait une nouvelle femelle à accuser, jeune de préférence, dont la disparition calmerait le courroux du Créateur et de ses fidèles. En aucun cas ces sorcières ne pouvaient porter la vie. On leur perçait le sexe, on le marquait avec des anneaux en métal.

Ma fille ne m'écoute pas.

Elle récupère la mèche de cheveux, la glisse entre ses lèvres, la suçote un instant puis la relève à hauteur d'yeux et je l'entends qui gémit soudain, tressaille sur son siège. Bijou, vie des rats ! Ça y est, c'est la honte, la barbarie, le déshonneur, la mort-qui-tue... Bonjour le retour d'âge ! Ses pointes de cheveux fourchent à nouveau et, là, je n'existe plus. Elles fourchent et plus personne n'existe. Ma fille inspecte chaque embranchement, décompte chaque séparation capillaire, chaque anomalie, attrape une seconde mèche, la secoue, l'examine en tous sens. Elle est désespérée, je le sens, et mon discours, qui déjà tombait à plat, devient totalement inaudible. Elle pousse un grand soupir, dégoûté celui-là, abandonne sa mèche et soudain, sans même relever la tête, récupère le canif de Tolède, écarte les doigts de sa main gauche posée à plat sur la table et, toujours dissimulée derrière sa chevelure, plante à toute vitesse le couteau entre ses phalanges. J'étouffe un cri. Au moindre geste, à la moindre intervention de ma part, elle se perfore un doigt. Je me liquéfie en suivant le mouvement du couteau. J'espère qu'elle ne frappe pas tout à fait à l'aveugle, qu'elle y voit suffisamment derrière son rideau de cheveux mais cette percussion fébrile me panique. Je ne bronche pas, me bornant à compter et à admirer les coups de lame. Elle doit s'entraîner depuis des semaines. Elle n'a peur de rien. Le canif fait encore trois ou quatre allers-retours successifs avec la même célérité effrayante avant que ma fille se redresse et le plante à trois centimètres de sa main gauche, de biais dans le bois. Elle me répète d'une voix endormie que, pour ses narines, ce sera juste des papillons de nuit... Elle pousse une petite plainte en évoquant ses piercings, peut-être aussi ses fourches puis, sans plus s'occuper de moi, croise les bras sur la table, y pose la tête et se met à ronfloter.

Je m'approche.

Elle ne ronfle pas, elle pouffe de rire. Je me penche et dois bien admettre qu'elle se marre, mais pour elle-même, à bas bruit. Elle rigole ainsi une bonne minute. Après quoi elle marmonne que les papounets s'inquiètent toujours pour des conneries. Je réponds qu'en ce qui concerne les papillons on pourrait peut-être en débattre ensemble. Il ne faut pas utiliser n'importe quel métal et je connais un bon bijoutier. Elle secoue la tête.

« Un papillon sur l'une ou l'autre des ailes de ton nez plutôt que sur chaque narine, ce serait plus élégant, non ?... »

Elle hausse les épaules, laisse échapper un nouveau soupir, comme un murmure, un bruit d'eau. Ça me rappelle ses gazouillis de nourrisson quand je la prenais dans mes bras au retour du boulot, que je caressais ses yeux et ses joues. Le moindre geste était un cadeau pour elle, une source d'étonnement, d'imitation ou de joie. Un soir d'été, en pleine canicule, je l'avais allongée dans la salle de bains, à même le sol, pour qu'elle puisse profiter de la fraîcheur du carrelage et jouer librement. Elle était nue. Elle commençait juste à marcher à quatre pattes. Elle babillait si joyeusement, remuait les jambes avec une telle énergie que je m'étais étendu auprès d'elle et avais posé ma tête sur son ventre, ma tête lourde et fatiguée dont le poids l'avait surprise. Plus de babillage, plus de gesticulation. Ce visage qu'elle connaissait si bien, qui d'habitude l'embrassait, lui parlait, la suivait des yeux et décidait de la marche du monde, voilà qu'il s'abandonnait contre elle sans un mot, voilà qu'il pesait, qu'il se laissait aller. Elle ramena sa petite main potelée sur mon front pour me confirmer que j'avais raison d'être là, lourd et harassé. Elle revendiquait ce poids nouveau sur son ventre, elle en était responsable. Après un soupir, elle posa ses doigts sur mes paupières et me conseilla de faire un gros dodo.

Son visage était grave et confiant.

À présent je ne vois plus son visage. Le rideau de cheveux dessine une auréole sur la table. Le Moyen Âge ne semble plus vraiment la fasciner. Ni les fourches. L'opinel est planté de biais sur la table mais elle s'en fiche. Elle remue la tête, tend la main et, ni une ni deux, attrape une feuille de laitue dans le saladier qui traîne à l'autre bout de la table. Elle la mâche à toute vitesse en marmonnant que je devrais manger davantage de légumes, ça me détendrait... Elle entoure l'extrémité de son nez avec son index et glisse son pouce entre ses lèvres. Elle le suce une seconde. Le rideau de cheveux s'entrouvre. J'aperçois un bout d'oreille, une peau de lait, de grands cils de madone. Impossible d'imaginer ce visage troué par des aiguilles. Enfin elle abandonne son pouce, récupère le canif et marmonne que, décidément, je ne comprends rien à rien. Les pères sont tous à la masse, pas vrai ?... Et leurs enfants tous à la dérive. Alors pourquoi discuter ? Elle referme le rideau d'un mouvement qui se voudrait rageur mais qui est gracile et doux, d'une incroyable souplesse. C'est de ce mouvement que je me souviens, de ses cheveux libres, brillants et éployés. Après quoi elle pique un roupillon et ronfle pour de vrai.

6

Un perdreau de l'année

Je ne suis pas physionomiste. Je mémorise mal le visage des gens. En réalité je ne reconnais jamais personne, je ne me souviens que de la mobilité des traits. J'épie le moment où la pâte humaine s'anime. Je guette cette substance singulière. Les particularités des visages s'estompent puis disparaissent au profit du geste et de l'expression. Je suis incapable de décrire un nez, un menton, une bouche. J'oublie jusqu'à la couleur des cheveux ou des yeux mais je me souviens d'un sourire, d'une mimique, de la façon dont frémissent les narines, dont les nuques se plient, dont les lèvres se pincent ou s'écartent. Je suis comme ces perdreaux fiévreux qui errent au bord du chemin en ne fixant jamais rien, qui sautillent, picorent tout ce qui traîne et jettent des coups d'œil apeurés alentour. Ils détalent au moindre bruit. Seul le mouvement leur importe, dont ils évaluent immédiatement la portée et la menace sans rien savoir de ces présences mobiles autour d'eux, se contentant d'avoir peur, de détaler sur leurs petites pattes maigrelettes, de quitter le sol à toute vitesse.

Leur envol est décevant, plané, un tantinet ridicule. Il ne dure jamais. Les perdreaux de l'année battent bruyamment de l'aile avant de retomber comme des masses dans le premier buisson venu. Ils sont rondelets et pataauds. Après cet atterrissage forcé, ils roulent des yeux en tous sens, plongent le bec sous leur aile en retenant un gazouillis, le genre de babil improbable que j'étrangle moi-même derrière ma manche dès qu'il s'agit de paraître en société, d'y faire bonne figure, de sourire à qui de droit, de reconnaître les visages, de leur attribuer un nom ou un rôle, de décrypter les amitiés ou les filiations ou, pire, de faire les présentations.

Je me souviens juste de l'élan, de la mimique, de l'agitation des visages. Je n'oublie jamais une façon d'incliner la tête, de sourire ou de parler avec les mains. Je me rappelle avec précision les gestes bienveillants ou prometteurs, amoureux, menaçants parfois, mais je ne saurais décrire qui les accomplit. La reconnaissance faciale est une épreuve. Elle oblige à fixer l'attention, à scruter à la loupe les caractéristiques, à analyser cette sorte de statue molle que devient une figure au repos. Je me souviens de tout le reste, tics, grimaces, rides, sourires, pattes d'oie. J'ignore si c'est une chance ou une tare mais je me contente de cette réalité imprécise. Qui se contente est riche... Face-à-face, vis-à-vis, champ-contrechamp, tout bouge, tout s'anime, tout disparaît. Faute de repères anatomiques, de figures nommées et intangibles, il faut en finir une bonne fois avec ces scrupules d'amnésique. Tournez cette page sans remords. Je ne suis plus un perdreau de l'année.

7

Apprendre à reculer

Avec le temps j'ai oublié la plupart des fondamentaux du bâtiment, les contraintes du béton, les préconisations techniques, les règles des soubassements, le dosage du mortier, les portances, les sections de poutre, les lois du ferraillage, etc. Mes mains ont peu à peu abandonné la truelle pour le stylo et le clavier. Je me suis attelé à cette tâche apparemment plus simple, ouvrir chaque matin un ordinateur et y transcrire des mots, des phrases plus ou moins nécessaires, des bouts de récit dont il faudrait immédiatement traquer les penchants formalistes ou complaisants. Bref, j'ai abandonné la matière et les outils pour revendiquer un gagne-pain sans codes, sans débouché visible ni pain véritable, mais il était là, ce besoin d'écrire, vraiment là, plus solidement implanté que les fondations de certaines de mes maisons. L'envie de bâtir était présente aussi, mais en retrait, justifiée surtout par le besoin d'argent... Ce couplage de l'imaginaire et du besogneux, du vital, du loyal et du précis, implique de l'engagement et un certain sens du combat.

Je m'y attelai sans réserve. Bientôt je déchantai. La matière semblait s'imposer et se dérober à la fois. Rien ne fonctionnait comme prévu. L'attelage des deux métiers n'avait aucun sens, ne m'était d'aucun secours. L'imagination, qui aurait dû être un lanceur, devenait un tamis où trier les souvenirs, un panier percé, un grattoir où frotter ce qu'il me restait d'allumettes pour éclairer des feux de paille, des pétards mouillés. Je n'avançais pas. Les mots fusaient sans ordre ni raison puis, impitoyables, revenaient comme un boomerang sur le plumitif en herbe que j'étais devenu, scribouillard rêvant d'apporter sa petite pierre au vaste édifice littéraire. Je continuais à monter les murs sans bâtir grand-chose côté livres. J'évitais juste le boomerang. Il fallait revenir en arrière, apprendre à reculer.

Apprendre à reculer... J'avais connu cela dans l'agriculture. J'avais élevé des milliers de coqs et de poules reproductrices pendant une dizaine d'années dans le sud de la Drôme. J'avais griffonné au tracteur des hectares de lavandin en ne me souciant que de rendement et d'efficacité. Au premier abord, je donnais satisfaction. Je labourais, semais, épandais de l'engrais, empilais des gerbes sur des remorques à ridelles, distillais l'huile essentielle de mon patron et évitais les manœuvres délicates au tracteur, comme atteler certains outils ou reculer avec mes chargements. Je ne repartais jamais en arrière.

Je travaillais à la ferme depuis des mois déjà et savais toute la difficulté de cette reculade apparemment anodine. Mais dans l'agriculture, rien d'anodin. Rien d'assuré non plus. Manœuvrer vers l'arrière, revenir sur ses pas avec un chargement de lavande ou de fumier est la chose la plus incertaine et la plus malaisée qui soit.

J'allais l'apprendre à mes dépens.

Première règle : faire le contraire de ce que dictent le cerveau et la main. Reculer est un exploit, une expérience aussi délicate à exécuter qu'à décrire. Il faut oublier les usages précédents, ignorer la logique, inverser les gestes, aller résolument contre l'instinct. Si la remorque doit filer quelque part vers la droite, on commence par envoyer le tracteur à gauche. Et, inversement, si elle doit partir à gauche, on pivote le tracteur vers la droite. Cette rotation inversée est proprement diabolique. Le crochet autour duquel tourne l'anneau d'attelage guide la remorque selon des lois cinétiques incompréhensibles qui obligent à désobéir aux mains, à ignorer les principes de la mobilité ordinaire et surtout à ne jamais quitter des yeux le cul de la remorque qui réagit avec une rapidité absurde. Le recul à mains contraires est d'autant plus délicat que, la plupart du temps, l'attelage en lui-même bouche la vue. J'ai mis très longtemps à réussir la manœuvre, à inverser les mouvements.

Maurice Feschet, mon patron, me regardait faire sourire aux lèvres.

Je zigzaguais dans la cour de la ferme, loupais l'entrée des hangars, recommençais, m'énervais, reprenais sans fin la manœuvre. Trois fois sur quatre, au bout du compte, je finissais par lui refiler les commandes en pestant. Comme en amour, murmurait-il en pouffant de rire. Là aussi, on finit toujours par refiler le volant à quelqu'un d'autre. Mais qui, en amour, souhaite vraiment reculer ? Qui voudrait recommencer sans fin la manœuvre ? On détourne les yeux une demi-seconde, on regarde ailleurs, un inconnu saute sur le siège, enclenche la vitesse supérieure et l'amour file à la va-comme-je-te-pousse dans le premier chemin de traverse. La remorque, non. Elle n'obéit pas aux intrus. Elle ne retourne au garage que si on l'y guide avec assurance, sans quitter son cul des yeux, en permutant le mouvement des bras. Bien sûr, remorque ou pas, les outils agricoles se révèlent à l'usage plus faciles à conduire que n'importe quelle péripétie amoureuse mais à l'époque je l'ignorais, comme j'ignorais le danger des métaphores. J'ose donc celle-ci à présent, douteuse, inadéquate, qui renvoie les amants dos à dos et célèbre avant tout l'art de reculer. En ce temps-là je n'écrivais pas de romans et me fichais des allégories. J'apprenais juste à déplacer les engins. J'essayais d'oublier mes réflexes de conducteur ordinaire, choisissais un repère – pneu, garde-boue, cataphote –, le fixais des yeux et l'alignais sur le bas-côté du chemin pour guider mon attelage le plus directement possible entre les obstacles. Je ne pensais à rien d'autre.

Qui n'a jamais tenté de reculer un tracteur et sa remorque le long d'un poulailler industriel ne sait rien de l'incohérente et mystérieuse beauté du geste.

J'y parvins peu à peu, à force d'entraînement.

En quelques mois - une année ou deux -, je devins spécialiste des marches arrière. Je déambulais sans difficulté autour des deux élevages avicoles dont nous avions la charge. Il m'arrivait même de reculer pour le plaisir puisque après tout je devais continuer à m'entraîner, à entretenir mes nouveaux réflexes. C'était la fin de l'automne. Il faisait de plus en plus froid. Nous venions de vider l'un des poulaillers de ses occupants et allions commencer le grand nettoyage annuel. Le premier lot de gallinacés était loin. Des montagnes de pondoirs, de caillebotis, d'abreuvoirs obligeaient à zigzaguer sans cesse sur le chemin. Il pleuvait. Le sol était glissant mais le travail avançait du mieux possible car mon patron venait d'acquérir un nouvel épandeur, un engin ultramoderne permettant d'acheminer la fiente jusqu'à nos parcelles agricoles les plus éloignées. Fangeux, crottés, puants, nous curions matin et soir cette manne azotée qui devait engraisser les champs de lavandin. Je sautais d'un tracteur à l'autre, reculais sans difficulté dans le bâtiment, remplissais l'épandeur rotatif et filais vider mon chargement sur ces sols pauvres et caillouteux, battus par le vent. Plus personne ne me guidait. Parfois, me voyant revenir dans l'élevage vidé de ses occupants, mon patron sifflait puissamment entre ses lèvres pour m'avertir que je risquais d'effleurer le portail ou m'enliser dans la zone des abreuvoirs. Je m'arrêtais à la seconde. C'était comme un jeu. Je suivais l'alignement des lanterneaux, rasais les cloisons au millimètre.

Ce même hiver, pourtant, il y eut un problème dans le second bâtiment où était parquée l'autre moitié de notre cheptel. Nous dûmes interrompre le curage pour aller remettre un peu d'ordre dans ce hangar où une vingtaine de grands mâles avaient décidé de semer la pagaille. Il fallut repousser ces trouble-fête dans un parc grillagé, les attraper un à un puis aller les pendre à un filin sous les chênes où on les égorgeait proprement. Leurs crêtes et leurs caroncules seraient découpées au cutter – Maurice envisageait de commercialiser vers l'Orient ces appendices gorgés de sang qui faisaient miroiter aux consommateurs chinois d'obscures prouesses sexuelles –, après quoi il faudrait les plumer et les congeler. Pour l'heure, les vingt reproducteurs ballottaient côte à côte, suspendus à un même fil métallique, parfois agités de soubresauts. Leur destin était probablement plus enviable que celui de leurs congénères en partance pour l'abattoir dès la semaine suivante. J'essayais de m'en convaincre en essuyant mon couteau sur ma combinaison de travail. Le vent soufflait en rafales. Le câble ployait sous le poids des grands coqs aux yeux ouverts. L'oscillation du filin sous les chênes, le mistral qui se levait, les battements d'ailes résiduels, cette sorte de vibrato collectif, de salutation au soleil couchant, me troublèrent au point que, remontant sur le tracteur, j'oubliai de fixer du regard le pneu de ma remorque. J'enclenchai la marche arrière, reculai de quelques mètres et entendis un craquement, un bruit de branches cassées. Je réagis avec une seconde de retard, maladroitement et, victime de mes anciens réflexes, oubliai d'inverser la rotation du volant. L'épandeur dérapa sur le bas-côté. Je contrebraquai. La remorque se mit en drapeau. Je freinai brutalement et perçus une deuxième secousse, un froissement de tôle suraigu suivi d'un « Putain con, l'andaineuse !... » qui me figea sur place. J'essayai de rectifier, mais un nouveau choc stoppa cette ultime tentative pour changer de trajectoire. L'épandeur était immobilisé de guingois dans une zone broussailleuse où de tout temps s'accumulaient les pneus, les vieux caillebotis et les caisses à tomates. J'étais fichu. J'avais reculé comme un bleu. L'arrière de la remorque pleine de fumier avait ripé droit sur l'andaineuse, un outil dont je n'avais jamais entendu parler. J'ignorais même ce qu'était un andain.

J'étais là, piteux, sans savoir comment réagir, contemplant cet engin rouillé qui ressemblait à une plante morte, un grand tournesol à trois têtes couché dans les broussailles, une marguerite avec ses fleurs dentelées fixées de biais sur un timon métallique, ses longs pétales courbes pointant vers le ciel. Un pneu de 4 CV était relevé tout au bout, inutile, à demi dégonflé. Ces éventails sans couleur dépassaient du fouillis depuis des lustres, mais je n'y avais jamais prêté attention, pas plus qu'aux ronces et aux vieilles caisses en bois. Tout pourrissait à cet endroit, y compris la ferraille. Je sautai du tracteur, ne jetai même pas un coup d'œil à mes reproducteurs s'agitant sous leur fil et arrivai à l'arrière de l'épandeur où m'attendait mon patron qui fixait de ses yeux incrédules et furibonds les roues dentelées et leurs pouciers tordus. J'étais sur des charbons ardents. J'avais plié l'andaineuse comme du vulgaire grillage.

Cet outil était la dernière acquisition de son père. Il datait de l'époque où on espérait encore faire pousser du fourrage en ces lieux grillés par le soleil, une ambition extravagante adoubée par cet outil de fenaison que Maurice ne s'était pas résolu à envoyer à la casse comme le reste, comme ses œufs fêlés ou ses poules de réforme. Il était très affecté. Je me souviens de son geste de découragement, bras levés vers le ciel, lèvres tremblantes, un mouvement désespéré et pitoyable disant toute son impuissance, toute sa détresse filiale. Ce n'était pas une grande perte, m'assura-t-il néanmoins. Son père malade n'en saurait rien. Le temps du fourrage était révolu sur ces terres stériles. Les anciens, qui s'obstinaient à maintenir des animaux de ferme dans leur courette en terre battue, à semer de l'avoine ou du trèfle, à botteler, diversifier les cultures, élever des cochons, remplir des lapinières, faisaient preuve d'une nostalgie désuète sans grand rapport avec ce que revendiquaient les nouveaux paysans. Lui-même, malgré ses compétences en agriculture moderne, succombait parfois à cette nostalgie. Il lui arrivait d'évoquer avec regret le temps de son enfance où tout semblait en place pour l'éternité : le travail toujours recommencé, la nature toujours impatiente, la cueillette des feuilles de mûrier aussi indispensable que les couples de poules naines couvant sous la fenêtre de la cuisine, les meules de foin et leurs longs piquets faisant la nique aux poteaux électriques, le cheval entravé dans la cour, le crottin partout, le siège en cuir de la vieille carriole, les lames de faux accrochées avec le fusil dans le corridor de l'entrée, les binettes et piochons qui ne rouillaient jamais, la moissonneuse en bois et bien sûr l'andaineuse du père qui ressemblait vraiment à une fleur, une grande marguerite couchée sur le flanc.

Comment réparer ma bêtise ?

La marguerite m'obsédait. Dès la semaine suivante, je me résolus à découvrir d'autres métiers, ce que mon patron m'incitait à faire depuis longtemps. Je m'inscrivis dans un centre de formation pour adultes où, deux jours par semaine, on me proposait de me familiariser avec la soudure et la forge. J'expérimentai des gestes singuliers. Je ne changeais pas de profession, j'enrichissais la mienne. Ce fut comme une respiration, un grand bol d'air, un vrai bonheur. Je découvris une façon nouvelle de travailler, non plus dans le vent et le froid comme à l'ordinaire, mais confiné sous un hangar amianté, parmi les odeurs de tôle, d'huile et de rouille, les doigts boudinés par des gantelets en cuir, les yeux protégés derrière un masque. J'aimais voir surgir sous mon électrode la petite flaque de métal en fusion tellement fragile et éblouissante. J'aimais la conduire, la guider, l'alimenter délicatement – le plus délicatement possible –, éviter qu'elle se délite ou se perce. Je ne regardais jamais en arrière, je ne reculais pas.

J'apprenais à amorcer, à doser le métal d'apport, à anticiper le crépitement des baguettes, à balayer, à éviter les coups d'arc. Je soudais à tour de bras. J'assemblais tout ce qui me tombait sous la main, de vieux outils, des cornières, des bouts de tôle. J'éprouvais une sorte de boulimie d'apprentissage que mes collègues de stage comprenaient mal. En réalité je pensais à l'andaineuse. Je suivis la formation jusqu'au bout, avec enthousiasme, m'initiant même à la brasure, à la soudure autogène et, les derniers jours, à la trempe de l'acier et au travail de la forge. Des gestes sans beauté mais d'une intense précision sur lesquels il faudra un jour s'arrêter comme devant la mimique de mon lavandiculteur de patron posté sous l'andaineuse, désespéré, les bras en l'air, la barbe frémissante.

Je rentrai à la ferme.

Je repris mon boulot de commis et nous passâmes vite à autre chose. Je continuai à reculer les remorques, mais avec davantage de prudence et d'appréhension. Je le faisais le moins possible.

Lorsqu'il fallait passer devant la zone des ronciers, je baissais les yeux et – ultime châtiment – me forçais à ignorer les ferrailles émergeant encore du fouillis, évitais de dénombrer les doigts courbes. Ainsi prit fin ma première vraie reculade, une marche arrière nécessaire et peu glorieuse, qui me fit découvrir les mystères du métal en fusion. Je n'eus jamais l'occasion de réparer cet outil obsolète que j'avais aplati bêtement un soir d'hiver. L'andaineuse continua de se couvrir de ronces. La fleur resta couchée.

Alors, avancer ou reculer ?

Revendiquer le geste malheureux, invoquer la malchance, évaluer l'étourderie, regretter la beauté perdue ?...

Environ quarante ans plus tard, après avoir construit nombre de maisons et publié quelques livres, j'appris un beau soir que Maurice Feschet, ce patron que je n'avais jamais perdu de vue, venait de décider avec dix autres familles de traîner en justice la Communauté européenne pour

« inaction climatique » et « violation des droits humains ». Cette accusation n'était assortie d'aucune demande d'argent. Les plaignants exigeaient seulement que les dirigeants de l'Union cessent de sacrifier l'agriculture et de mettre en péril la vie de leurs enfants et petits-enfants. Ils souhaitaient que les hommes politiques prennent leurs responsabilités, qu'ils réagissent à la dégradation écologique majeure que nous subissions tous, qu'ils admettent s'être bouché les yeux et adoptent enfin quelques mesures urgentes clairement détaillées dans leur dossier... Ces mesures ne seraient efficaces que si de nouvelles personnes - les plus nombreuses possible - parvenaient elles aussi à faire la démonstration d'avoir été directement victimes de l'inaction climatique. Cette initiative-là, plus que tout autre, parce qu'elle était utopique, à coup sûr vouée à l'échec mais parfaitement étayée, força mon admiration. Elle me parut d'une liberté et d'une audace rares. Elle modifiait l'idée que je me faisais de la révolte citoyenne.

Mon patron avait fini par regarder autour de lui comme seuls les paysans savent le faire. Il avait tout compris en une seconde et choisi de reculer à son tour. Apprendre à reculer. Vivre mieux. Inciter chacun à revenir sur ses pas. Le temps nous est compté à présent. La remorque, bien trop lourde, nous pousse vers l'abîme et même si certains continuent à siffloter nez en l'air, à lâcher le volant pour se regarder dans des miroirs de poche, le grand attelage du progrès dérape dans notre dos. Et la planète avec.

8

Putain con, l'andaineuse !

Je n'ai jamais réparé cette andaineuse aplatie dans les fourrés mais toute ma vie je me suis souvenu du « Putain con ! » suraigu que l'accent provençal essayait en vain d'adoucir. Je me rappelle la tête de mon patron juste après le bruit de ferraille froissée. Je me souviens du tracteur arrêté de guingois, de la grande marguerite allongée sur le flanc, des coqs reproducteurs se balançant dans le soleil couchant, de leurs crêtes, de leurs caroncules découpées au cutter...

Peu après ces événements je me suis mis à écrire de la poésie. J'ai composé une première suite de poèmes appelée *Le Temps des andains* et, l'année suivante, j'ai publié un petit recueil intitulé *L'Autre Geste.* Ces textes ont mal vieilli, trop abstraits, trop ampoulés, mais le titre du livre est peut-être encore approprié. La poésie pourrait ressembler à un geste, un premier mouvement du corps, une rencontre fortuite de la danse, de la musique et des mots qui célèbrent le quotidien, des mots capables de stopper notre fuite en avant, de rappeler le murmure du ruisselet derrière la maison, le lacis de ridules sur la joue tant aimée, l'avion qui s'arrache du sol, le nourrisson qui agrippe un index inconnu, la goutte de lymphe qui perle dans l'œil des coqs pendus sous les grands chênes, l'amandier en fleurs, l'aveugle qui caresse l'arcade sourcilière de son chien, et le peuple tout entier qui bataille.

9

Coup de taloche

Étant concerné au premier chef par le geste – mes différents métiers, depuis que j'ai commencé à gagner ma vie vers l'âge de dix-huit ans, ayant tous été manuels –, j'ai tenté plusieurs fois de comparer le geste de bâtir, qui m'a nourri si longtemps, à celui d'écrire, qui m'habite, me hante.

Le geste de l'artisan est efficace, rapide, définitif. Il est furtif aussi, on peine à en décomposer les différentes étapes. Les mains se combinent l'une l'autre mais ne se joignent jamais. Elles ne sont ni propres ni accueillantes, souvent rugueuses, toujours résolues, toujours solidaires. L'une des mains présente la taloche à celle qui manie la truelle, ou encore le burin à celle qui va frapper avec la massette. Elle maintient la planche que l'autre main va scier, ou présente le clou, ou remue le mortier dans la gamatte quand l'autre verse le ciment, etc. Les mains de l'artisan fonctionnent en duo. Il y en a toujours une pour servir l'autre.

L'écrivain méconnaît cette solidarité.

Ses doigts sont égoïstes. Il en sollicite très peu pour noircir sa page, deux ou trois au maximum, sans que l'autre main s'en émeuve. Guider le stylo, laisser l'encre courir d'un mot à l'autre, ajouter une ligne, un paragraphe, remplir la page ou la déchirer, tout cela est parfaitement codifié et laisse le second bras esseulé et pantois, un acte de manchot assurément. L'écrivain trace des lettres, aligne des phrases, rature ou souligne, suçote éventuellement son outil de plumitif et recommence. Même à huit ou à dix doigts sur un clavier d'ordinateur, ces gestes-là sont d'une grande banalité.

Aucun doute, la façon dont l'artisan bataille avec la matière, dont ses doigts se mobilisent autour des objets est aux antipodes de l'agitation solitaire de la main qui frappe le clavier ou dirige le stylo. Quelques rares épisodes pourraient unir ces deux manières de convoquer le geste – le moment de la signature par exemple –, mais l'artisan n'estampille plus son travail. Il n'a plus rien à authentifier. Tout juste signe-t-il les devis ou factures qui s'accumulent sur sa table en fin de semaine. L'auteur, en principe, signe des livres à la pelle.

L'artisan cherche le résultat, l'écrivain l'inspiration.

Leurs gestes ne se ressemblent en rien.

Adolescent, je connaissais par cœur un essai d'Albert Camus, *Noces à Tipasa*, où il est affirmé qu'il « y a un temps pour vivre, et un temps pour témoigner de vivre ». Cette phrase m'intriguait au plus haut point. Je ne l'ai comprise que bien plus tard, après avoir bâti nombre de maisons sans parvenir à écrire une ligne et, au bout du compte, trente ans plus tard, après m'être adonné à l'écriture sans plus jamais bâtir.

Et la beauté ?...

Le geste de bâtir n'est pas beau en soi sinon, à la rigueur, quand il est décomposé, figé, ralenti. Seul son résultat est appréciable. Le geste de l'artisan est trop précis, trop répétitif et trop appliqué pour susciter l'intérêt. La tension qui l'habite n'est pas perceptible. Le geste de l'écrivain, à bien y réfléchir, est encore plus ennuyeux. Stylo, tablette, clavier, support dématérialisé ou manuscrits, toute cette agitation des doigts n'a guère d'intérêt, n'en déplaise aux amateurs de calames et de calligraphie. Le plumitif d'aujourd'hui est un angoissé grognon qui, au fond, n'a que faire de ces outils, de ce folklore, cet orientalisme suspect attaché à l'art de manier la plume. Son geste est minimaliste et besogneux. Il se fiche pas mal de la belle écriture, des plumes d'oie, des pleins et des déliés... La beauté de l'écrit s'impose à travers ce qui est raconté, non ce qui est tracé. La trace abstraite laisse pantois. L'abstrait coupe le souffle.

Il arrive que la lecture ranime ce souffle coupé.

Il y a là comme un étourdissement esthétique.

Il faudra peut-être chercher la beauté du geste chez des acteurs plus singuliers : le pickpocket, le funambule, le prêtre et ses rituels, le vieillard et ses routines, le malade mental, l'amoureux transi.

10

Reality show

« Je voudrais parler à mon ancienne femme, et surtout à ma fille Marie. Elles sont toutes deux très fidèles à l'émission. Elles ne manquent jamais un épisode. Je vais tenter de dénoncer à nouveau l'absurdité de la situation dans laquelle ma famille s'enferme depuis tant d'années. Je voudrais leur répéter publiquement ce que les médecins nous disent mois après mois et que je désespère de leur faire comprendre un jour... »

Là monsieur Foucauld leva le bras vers le plafond en un geste étrange. Il semblait désigner quelque chose au loin. Le mouvement de son poignet était très libre, très délié. Ses doigts faisaient des arabesques sous la lumière des projecteurs. Il resta quelque temps ainsi, bras tendu, parfaitement silencieux, sans se soucier des téléspectateurs.

« Je suis un commercial, un vendeur. J'ai l'habitude de m'exprimer facilement mais, ce soir, c'est une autre paire de manches. J'espère que cette tribune me permettra de sortir de l'impasse dans laquelle je me trouve. Nous vivons dans un monde de fous, n'est-ce pas ? Les discriminations augmentent, la pauvreté s'accentue partout, la corruption et le cynisme règnent chez nos dirigeants. Par bonheur, nous échappons aux dictatures et à la famine larvée qui décime plus du quart de l'humanité. Deux inégalités continuent néanmoins de nous menacer tous individuellement : la première face à la maladie et le dérèglement du climat, et l'autre, extrêmement rare, qui touche certains d'entre nous face à la vie même… C'est ce dont je voudrais parler. »

Il se tut, leva de nouveau la main et désigna quelque chose au-delà du studio en refaisant son geste flexible et déroutant.

« Je dois commencer par le début. C'était il y a trente ans, à la fin de mes études. J'étais jeune. Je venais d'obtenir mon brevet technico-commercial et j'allais bientôt épouser la fille d'une famille d'agriculteurs du voisinage, des vignerons plutôt aisés. Ces paysans m'avaient accueilli avec gentillesse. Ils étaient impressionnés par mon diplôme. Leur fille Muriel n'en possédait aucun. Elle n'était pas allée au lycée, avait même loupé le brevet des collèges, mais ces déboires, vous vous en doutez, m'étaient complètement indifférents. À l'époque il était inutile d'avoir fait des études pour cultiver la terre. Et puis, comme vous l'imaginez, j'aimais ma femme. Nous louâmes une maisonnette à l'entrée du bourg. J'acceptai un poste de représentant en produits phytosanitaires dans la coopérative agricole voisine et nous nous installâmes à proximité de ma belle-famille comme il se doit. Notre nouvelle vie commençait sous les meilleurs auspices.

« Nous eûmes bientôt un premier enfant, une fille, qui reçut le prénom de sa grand-mère maternelle, Marie. Peu après naquit notre deuxième enfant, un garçon cette fois. Le petit Étienne fut immédiatement choyé, gâté, adulé comme le véritable homme de la famille, celui qui reprendrait les terres à sa majorité et qui saurait développer la ferme... Deux années s'écoulèrent. La petite Marie était jalouse. Elle cachait mal son dépit de ne plus être seule au monde, ne ratait jamais une occasion de faire payer à son frère les infimes avantages du nourrisson qui, les mois passant, devenait un garçonnet, le futur héritier. Il faut dire qu'Étienne régnait sur son monde. On excusait le moindre de ses caprices. C'était un enfant gâté, très fragile, chétif. Il marcha tardivement.

« Je commençai à m'inquiéter de ces retards de croissance quelques semaines après ses premiers pas. En fait, notre fils avait de la peine à se tenir debout. Il trébuchait pour un rien, tombait de plus en plus fréquemment. Mon épouse et mes beaux-parents m'attribuaient en plaisantant la paternité de ces menus défauts car j'étais chétif moi-même, de santé fragile. Ils affirmaient que je lui avais légué mes tares.

« L'état de notre garçon empira dans les mois qui suivirent et je décidai, contre l'avis de mon entourage, de consulter un généticien spécialiste des retards de croissance. Le verdict ne tarda pas à tomber. Étienne était atteint d'une maladie congénitale incurable, la myopathie de Duchenne. Son enfance risquait d'être difficile, très éprouvante, très douloureuse. Il serait lourdement handicapé dès l'âge de dix ans et ne vivrait probablement pas au-delà de trente. J'étais d'autant plus effondré que ma femme Muriel douta immédiatement des allégations du spécialiste. Elle nia l'évidence. Elle ne croyait pas un mot de son diagnostic. Étienne avait hérité de ma constitution souffreteuse mais en réalité, d'après elle, il se portait comme un charme. Le médecin de famille de mes beaux-parents, appelé à la rescousse, les mit en garde à son tour. On le traita lui aussi d'escroc et de manipulateur. Je tentai de faire entendre raison à mon épouse mais elle n'en démordit pas. Les docteurs étaient des charlatans. Pour couronner le tout, peu de temps après, quatre mois seulement, elle tomba de nouveau enceinte...

Alors prit corps autour d'Étienne une étrange conspiration qui allait peu à peu briser mon existence. Ma belle-famille se ligua contre moi. Du jour au lendemain on décida que j'avais le sang vicié. Mes diplômes me portaient la poisse. Quelque chose n'allait pas chez moi. Mes gènes étaient corrompus. En vérité – je ne cessais de le leur répéter –, ce sont seulement les femmes porteuses d'un allèle spécifique affectant le chromosome X qui transmettent la myopathie, et les enfants mâles qui la manifestent. Peu importe, je fus tenu pour responsable de tout. Les médecins réfutaient cette théorie et nous mettaient en garde contre la nouvelle grossesse. Nous avions une chance sur deux de connaître le même drame.

« Muriel ne voulut rien entendre. Elle refusa de rencontrer les spécialistes, proclama haut et fort que sa parentèle était robuste, qu'il n'y avait que des gens sains de corps et d'esprit dans sa famille, que l'enfant qui s'agitait dans son ventre était en parfaite santé... Je vous épargne les assertions des sorciers et guérisseurs venus à sa rescousse. Je troublais le sang du petit. J'étais une sorte de monstre froid incapable de reconnaître ses torts. Je manipulais les docteurs.

« Les mois suivants virent l'effondrement de notre couple. L'obstination de ma femme et de ma belle-famille à nier l'évidence était proprement sidérante. Muriel ne s'amenda jamais, ne fit jamais la moindre concession. Elle refusa les prises de sang, interdit qu'on analyse son liquide amniotique au cours de cette troisième grossesse. L'enfant naquit peu avant terme et, malheureusement, ce fut un garçon, Paul. Deux mois plus tard, le résultat tombait. Paul était lui aussi myopathe. Muriel ne décoléra pas d'une semaine. Puis, après m'avoir accusé de tous les maux, elle me quitta brusquement, définitivement, me laissant les petits sur les bras.

« J'entrai dans une autre existence. J'y étais mal préparé. Je devais m'occuper quotidiennement de mes deux fils en sachant qu'ils mourraient l'un après l'autre entre leur vingtième et leur trentième année et que, d'ici là, leurs muscles se dégraderaient irrémédiablement sans que leur conscience en soit jamais affectée. Ils allaient disparaître au début de leur vie, lucides, grabataires et pitoyables. Ils maigriraient, deviendraient peu à peu aphones. Amorphes aussi, complètement atones. Personne n'oserait leur parler. On détournerait la tête en les croisant. Je savais tout cela mais je les aimais, mes garçons malades. Je les aimais.

« J'eus bientôt l'occasion de me remarier. Ma nouvelle épouse m'assista avec un dévouement extraordinaire. Nous sacrifiâmes tout aux enfants. Quand ils atteignirent l'âge de onze et douze ans je fis aménager un véhicule spécial pour embarquer leurs deux chariots conjointement, sans quoi ils seraient restés à demeure. Étienne et Paul refusaient d'être séparés. Ils adoraient nos balades. Ils grimpaient dans l'auto grâce à une sorte de plan incliné amovible, crochetaient leurs fauteuils l'un à côté de l'autre et là, dans ce véhicule surélevé, pouvaient contempler le paysage, voir sans être vus. C'était leur plaisir, leur raison de vivre. Nous découvrîmes mois après mois toutes les campagnes de France, les bords de mer, les montagnes qui rougeoyaient au crépuscule, les champs de neige. C'était comme une nouvelle respiration, leur récompense au jour le jour. Ils jubilaient dès qu'ils me voyaient prendre le volant. On n'a pas idée de la curiosité de ces enfants, de leur passion pour la vie. Et de leur joie, voyez-vous, de la façon extraordinaire qu'ils ont de s'entraider...

« À vingt ans passés, au terme d'un automne particulièrement pluvieux, Étienne mourut sans une plainte. Je demeurai avec mon épouse et avec Paul, le cadet, qui venait de suivre étape par étape le délabrement de son frère. Muriel, leur mère, ne se déplaça même pas pour l'enterrement de son fils aîné. Marie non plus. Le jeune Paul s'employa alors, avec une sollicitude que je ne puis décrire, à me consoler, me redonner confiance en la vie. Cela dura environ cinq ans. »

Monsieur Foucauld arrêta de parler, fixa la caméra en battant les paupières et bafouilla qu'il n'avait aucun goût pour le drame. Il se cacha un instant le visage dans les mains.

« Les alertes respiratoires s'annonçaient plus fréquentes et plus sévères pour Paul que pour Étienne mais, sitôt passées, c'était toujours lui, mon Paul, mon petit garçon malade, mon myopathe courageux qui me soufflait à l'oreille que les choses allaient bientôt s'arranger, qu'il respirait à nouveau normalement.

— Ça y est, papa, c'est fini ! On s'en sort. C'est pas grave. Tu vois qu'il faut me faire confiance...

« Paul se dégradait à vue d'œil. Nous étions pendus à ses lèvres. Nous observions semaine après semaine le délabrement de ses muscles. Les signes alarmants se multipliaient, respiration de plus en plus sifflante, voix montant dans les aigus, siestes interminables, doigts peinant à manipuler les commandes du fauteuil roulant.

« Vous savez, continua très doucement le père, la liste est longue et je ne vous en dirai pas davantage. Je n'aime pas les drames. Ma vie est parsemée d'horreurs et il serait inutile de les énumérer. Je n'ai aucun goût pour les catastrophes. Je veux seulement que Muriel et que Marie, ma fille aînée, m'écoutent jusqu'au bout... Je sais qu'elles sont devant leur téléviseur.

« Donc notre deuxième garçon est mort comme annoncé, à presque vingt-deux ans et, là, j'ai cru que ma vie s'arrêtait. J'ai tout vendu. Je me suis séparé de la maison spécialement aménagée pour eux, de la voiture qui m'avait coûté un an de salaire, j'ai rendu les fauteuils roulants, les appareils d'assistance, de surveillance. J'ai abandonné mon boulot et suis parti vivre en ville avec mon épouse. Nous étions comme anesthésiés. Étienne et Paul continuaient à nous accompagner de leur petite voix triste, bizarrement perchée dans les aigus avec le peu de cordes vocales que leur avait octroyé la nature. Ils n'avaient presque pas eu d'adolescence, et bien peu de joie au demeurant. Bien peu de tout. Je pleurais chaque nuit. Je voyais à chaque instant leurs phalanges pianoter les commandes digitales de leur siège, leurs doigts se nouer entre les tubulures du fauteuil. Voilà ce que fut la vie de mes garçons... »

Il soupira.

« Je dois terminer, n'est-ce pas ? Il nous reste peu de temps. »

Le réalisateur murmura qu'on pouvait déborder un peu.

« La suite est encore moins reluisante... La vie de mes enfants cessa donc après vingt années de souffrance, au seuil de leur vie d'adulte, sans qu'ils aient connu leur mère ni leur sœur aînée. Pas une fois, pas une seconde ma première femme et mes beaux-parents ne doutèrent que j'étais le seul, l'unique responsable de ce gâchis. Pas une fois ils n'écoutèrent les médecins qui, précisément, leur expliquaient que mes gènes étaient sains et que ce sont les femmes, en l'occurrence, qui transmettent la maladie. Peu à peu, à mon insu, ma fille aînée se mit à leur emboîter le pas. Marie avait grandi dans un monde borné. Elle acquit avec les années ce même tempérament irascible, péremptoire, intransigeant. Je la voyais rarement, quelques rencontres à peine au long de ces mois de souffrance - les plus espacées possible - au cours desquelles elle refusait catégoriquement de rencontrer ses frères malades. Elle me donnait rendez-vous dans des supermarchés, des cinémas, des restaurants. Ces retrouvailles expédiées à la va-vite me laissaient un goût amer. Marie était tout le portrait de Muriel.

« Mon fils Étienne mourut en premier. Puis mon fils Paul. Peu après cette seconde disparition, ma fille m'annonça par courrier qu'elle avait l'intention de se marier. Je n'étais pas invité à la noce mais, là, je m'obligeai à sortir de ma réserve. Je réussis à la rencontrer chez elle, sans la présence de sa mère, accompagné du médecin de famille qui lui expliqua le mécanisme de transmission de la myopathie de Duchenne. Il lui laissa tous les documents nécessaires et la supplia d'aller consulter un spécialiste. Une simple prise de sang aurait suffi mais rien n'y fit, monsieur. Rien n'y fit !... Après deux heures de palabres elle appela à la rescousse son abruti de fiancé, un maçon ignare et aussi têtu qu'elle, qui nous ficha à la porte comme des malpropres.

« Ma fille aînée ne tarda pas à tomber enceinte à son tour. Sa grossesse se déroulait sans accroc, mais j'avais comme un mauvais pressentiment. Je dormais mal. J'étais fébrile, sur les charbons ardents. Marie mit au monde son premier enfant au début du mois de juin, de nouveau un garçon. Elle refusa tout net de faire analyser le sang du nourrisson. Cette fois le pédiatre passa outre à son interdiction et nous ne fûmes pas longs à découvrir que le petit Félix, lui aussi, était myopathe. Le cauchemar recommençait donc vingt-quatre ans plus tard. Je ne rendis visite au nouveau-né qu'à deux reprises. Je n'en avais pas le courage. Marie sombra dans une sorte de dépression puerpérale qui l'obligea à une longue période de convalescence dans une institution spécialisée. Le destin ne me lâchait pas. La bêtise continuait de briser ma vie… »

L'invité se tut une seconde fois puis, tourné vers le meneur de jeu, poursuivit lentement :

« Monsieur, j'ignore la raison qui me pousse à m'adresser à vous spécialement. Peut-être parce que vous savez écouter les gens et que vous avez de l'embonpoint. Les hommes corpulents rassurent. Mon ancienne femme et ma fille Marie ont pris du poids également après toutes ces années et je sais qu'elles nous regardent. »

Il leva de nouveau les bras vers le plafond. L'animateur lui fit signe de continuer.

« Je fus à peine surpris, quatre mois plus tard, de voir arriver un collègue de mon gendre, maçon comme lui, qui sonna nerveusement à l'entrée puis resta sur le pas de la porte en se tordant les mains. Il regardait ses pieds. Il bafouilla deux ou trois phrases que je ne compris pas. Il était vraiment confus. Il finit par hausser les épaules, retourna à sa camionnette et en sortit un couffin qu'il abandonna sur le seuil de ma maison avec une grimace de dégoût. Il se délesta du bébé en une demi-seconde, tourna les talons et repartit à grands pas. Voilà, monsieur... J'ai presque tout dit. Le petit n'avait même pas été changé, un joli paquet nauséabond qui me souriait et battait joyeusement des mains. Je le serrai dans mes bras. C'était il y a tout juste trois mois.

« Au début, nous avons réussi à faire face avec ma femme. Nous avons tenu quelques semaines puis j'ai craqué. C'est moi qui ai craqué. Je ne voulais pas revivre le même cauchemar. Je suis allé déposer l'enfant à la mairie du village où je m'étais marié. Je l'ai laissé dans les bras d'une assistante sociale qui a commencé par m'engueuler. Comprenant que je n'étais pas le père, elle s'est empressée d'en référer au procureur de la République. Je ne m'étendrai pas sur la vie qui attend le garçonnet à présent, sur le calvaire qui recommence. Je suis à bout. Mon épouse aussi. Je ne veux plus m'occuper de rien ni de personne. Je veux juste que ma fille aînée sache, que ses voisins sachent, que tous les habitants du village où ils vivent sachent que je n'accepterai plus aucun enfant malade. Je ne supporte plus ces délabrements. Je ne veux plus de ce chemin de croix. Je ne veux plus voir ces yeux de nourrisson si joyeux, ces yeux adolescents promis à une mort certaine, préméditée, programmée. C'est fini. Ces deux femmes ont assez fait de mal !... »

Il fixa la caméra avant de poursuivre d'une voix sourde.

« Il y a encore une chose, un geste plutôt, que vous m'avez vu faire au début. Il est un peu étrange, mais il m'aide à survivre depuis la mort de Paul. Il m'accompagne. Il me soutient. Je crois que certains gestes aident à surmonter les épreuves et à comprendre ce monde injuste. »

Il leva son bras vers le ciel avec la lenteur étrange que nous avions tous notée. Son poignet était très souple, ses doigts très libres, comme désynchronisés. Ils semblaient désigner quelque chose au-delà des projecteurs. Ils dessinaient des arabesques en l'air.

« C'était au mois d'août, quelques semaines après la disparition d'Étienne. Ne restait plus que Paul avec nous, qui venait d'avoir dix-huit ans. La voiture aménagée nous semblait bien spacieuse tout à coup. Ma femme avait pris place à l'arrière, sur un strapontin, tout près de lui. À mes côtés était assis un collègue de travail que nous voyions de plus en plus fréquemment car il aimait bien notre rescapé, n'était jamais incommodé par sa présence, son physique pitoyable. Nous allions dîner chez un ami commun qui habitait au milieu des collines, à une heure de là, en pleine campagne. Il fallait cahoter un bon kilomètre dans des chemins creux avant d'atteindre la maison. Je garai mon véhicule devant l'entrée, déployai le plan incliné et mon garçon parut sur son fauteuil roulant. Paul savait qu'on le prenait souvent pour une sorte de débile mais nos hôtes se tirèrent assez bien de cette première minute de confrontation. Ils nous saluèrent gaiement, sans s'attarder sur lui ni sur son fauteuil... Je décelai une joie furtive dans le visage aimé, tellement aimé, de mon survivant. Nous nous installâmes autour d'une table, en plein air, dans une courette fermée de murs qui avait emmagasiné la chaleur de l'après-midi. Devant nous se déployait un paysage très ouvert et très doux que Paul dévora des yeux. Le dîner s'écoula paisiblement, coupé de conversations sans grand intérêt, de bruits de fourchettes, de libations auxquelles il ne prêta aucune attention. La nuit tombait. Nous étions assis face aux rangées de collines, certaines chapeautées par des haies de cyprès tordus que tordait le vent. Je me souviens qu'après le dessert un début de discussion vint troubler ce moment paisible. Discussion politique, joutes verbales, emballement bien français pour des considérations partisanes que chacun s'accorde à trouver stériles après coup. Paul avait horreur de ces fins de dîner. Je le savais. À un moment il grimaça derrière sa manche. Il voyait bien que cette diversion me faisait plaisir, que je me passionnais bêtement comme tout un chacun.

J'ignorai son signal. Il baissa les paupières d'un air las, laissa tomber son menton sur son torse. Je crus qu'il allait dormir. Bientôt la lune fit son apparition derrière les collines, une lune énorme, démesurée, un grand arc de lumière nacrée qui commença par iriser les troncs des arbres.

— Papa, la lune !... s'écria Paul de sa voix sans timbre.

« Il ne dormait pas. Ses yeux brillaient. L'arc de cercle se déployait au ras de l'horizon, illuminant la haie de cyprès. Mon fils était fasciné. Il haletait. Notre hôte, après un temps, voulut reprendre la conversation, mais Paul le lui interdit.

— La lune ! Regardez la lune !... Papa, s'il te plaît, approche-moi !

« J'avançai son siège de quelques mètres pour le laisser cahoter tout seul dans le pré. Silencieux soudain, nous regardions cet astre qui cherchait peu à peu sa rondeur, son éclat et bientôt sa route dans la plus belle obscurité. Nous n'avions pas d'autre choix. Paul nous rappelait à l'ordre. Nous comprenions avec retard ce que lui avait deviné dès la première seconde : la beauté du monde se concentre parfois dans de tels surgissements de lumière nacrée et alors il faut s'arrêter, se taire, plisser les yeux et mesurer ce que représente une vie fugace et sacrifiée, étranglée à son zénith. La lune grimpait paisiblement derrière les troncs d'arbre agités pas le vent. Cette ascension nous figea dans nos poses grotesques de bavards. Paul était devant nous, cahotant, attentif, engoncé entre les tubulures de son fauteuil. Les commandes luisaient étrangement. Il regardait le ciel en levant la main. Ce simple geste, lever la main vers la lune, ce geste que nous savions si difficile et si douloureux pour lui nous immobilisa. Paul avançait dans le champ en levant son bras maigre, et ce bras tendu était la plus belle chose au monde.

« Puis l'astre prit son élan, parvint au faîte des arbres et retrouva d'un coup sa rondeur familière. Paul mit en route sa machine silencieuse. Tiré par ce ronronnement parfait, il partit droit devant lui dans le champ. Un cahot l'immobilisa à trente mètres de nous, au milieu des labours. Il voulait encore nous montrer la lune. Il essaya de lever à nouveau le bras, n'y parvint pas, le laissa retomber en étouffant un sanglot. Ce fut sa dernière sortie... »

Monsieur Foucauld fit un petit signe navré et baissa la tête.

11

Sourire

On m'a un jour proposé de participer à un ouvrage collectif où un célèbre journaliste - par ailleurs excellent écrivain - incitait quelques auteurs vivants à rédiger par avance leur propre épitaphe. Persuadé que la mort, plus que tout autre thématique, réclamait de la part d'un auteur un minimum de distanciation et d'humour, j'ai commencé par écrire une phrase idiote et définitive, du genre : *Plus ça va, moins ça va*... Le lendemain, au terme d'un chantier particulièrement éreintant, la massette que j'utilisais pour desceller un vieux gond a ripé sur mon burin et bleui d'un coup deux doigts de ma main gauche. Maladresse de débutant, douleur soudaine, intense, terriblement frustrante, cœur battant la chamade sous les ongles, pouce et index immédiatement chauds et gonflés, rendant impossible toute activité manuelle pendant au moins trois jours... Il fallait vraiment que j'en finisse avec ce genre de gestes imbéciles. J'ai repensé à mon épitaphe qui, à bien y réfléchir, était également stupide et inconsidérée. J'ai rajouté une seconde phrase et, soudain, la citation m'a semblé joliment pertinente, à inscrire sans tarder sur ma pierre tombale et ce, probablement jusqu'à ce que mort s'ensuive...

Plus ça va, moins ça va.

Et si ça continue, faudra que ça cesse.

12

Le bras qui dort

Reste la beauté du geste amoureux. Non pas celle des caresses ou même de l'étreinte à venir, celle de l'hésitation des corps, du mouvement réprimé aussitôt qu'amorcé, du geste stoppé au vol. L'apparition maladroite, timide, vouée à l'échec. Le sourire qui se fige, le baiser malvenu. Les doigts qui ne savent où se poser. L'au-revoir piteux. On a coutume d'évoquer ces gestes sans perspective avec les mots des travailleurs manuels, justement, les mots du bâtiment : casser la baraque, louper le coche, péter un câble, être à la masse, serrer les boulons, disjoncter, couper le courant, coincer la bulle, être à côté de la plaque, dézinguer, péter les plombs, crever le plafond, devenir marteau, se mettre à l'équerre, tout tirer au cordeau.

Laisse béton.

Arrête ta soudure, tête de pioche.

Les travailleurs ont bon dos.

Vers l'âge de quinze ans, comme les autres gamins des Terres froides, j'ai cherché l'amour sous le grand noyer de la Sylve-Bénite et, là, j'ai connu ma première désillusion. Le noyer est un arbre étrange, le tout premier à perdre ses feuilles en automne et le dernier à les ouvrir au printemps. Il ignore l'ordre des saisons. Il reste nu le plus longtemps possible. Il ne comprend jamais que les jours grandissent, que les premières chaleurs sont là. Il attend quelque chose d'autre mais personne ne sait quoi. Donc, cinq ou six semaines après ses voisins, faute de mieux, ce végétal austère déploie sa frondaison d'un coup puis, à toute vitesse, se couvre de fleurs mâles et de minuscules fleurs femelles que les insectes ignorent ostensiblement. Le noyer se fiche pas mal de ces pollinisateurs. Il n'a besoin de personne. Il s'est toujours débrouillé seul. Il s'autoféconde. En plus de déployer son feuillage tardivement et de se reproduire sans aide, il se déplume bien avant les autres, dès le mois de septembre, comme si sa belle couverture végétale ne valait pas tripette. Il aime se montrer dévêtu.

Arbre réputé malfaisant, le noyer fabrique en un temps record une profusion de fruits à coques qui se détachent et tombent au premier coup de froid. La petite cervelle bifide lovée à l'intérieur de la noix est protégée par une coque ligneuse elle-même bardée d'un brou amer. Comment le noyer fait-il pour fabriquer autant de frondaisons, autant de fibres et de matière huileuse en un temps aussi limité ? Mystère... C'est l'arbre de la diminution, du temps rétréci. Son bois est recherché en menuiserie, son aubier lui-même est réutilisable, son cœur est très précieux. Il met environ dix ans avant de produire ses premiers fruits.

À la Sylve-Bénite de mon enfance, lieu hanté par les druides et les sorcières, il y avait un noyer immense, tricentenaire, sous la couronne duquel, une ou deux fois par décennie, le lundi matin le plus souvent, il arrivait qu'on trouvât un pendu oscillant au bout de sa corde. À ses pieds, nourrie de l'ultime semence du supplicié, était censée croître une mandragore dont la racine étrange, torturée, obsédait les gamins des Terres froides. Nous ne la connaissions qu'à travers les livres mais nous partions après chaque suicide fouiller les parages du grand noyer de la Sylve, même si le type en question était mort à des kilomètres de là, bêtement accroché à la poutre de son grenier. Nous revenions bredouilles. Nous pissions de concert sur le bosquet d'orties qui obturait l'entrée du bois. Parfois même nous l'aspergions de semence. Après quoi, dépités, nous allions ramasser des châtaignes et des trompettes de la mort.

Le vieux noyer accueillait sans broncher nos rituels d'adolescents, des gestes banals, sans gloire ni beauté. Le plus souvent, nous piquions un somme sous la frondaison. On dit qu'il ne faut jamais somnoler à l'ombre d'un noyer. On dit aussi que la forme étrange du cerneau de noix serait comme une réplique des hémisphères du cerveau humain. On dit enfin que cet arbre mal nommé, ce noyer sans un poil sur le caillou dès fin septembre, aurait dû s'appeler juglan, de même que son fruit aurait pu s'appeler cervelle plutôt que cerneau, et son autofécondation hermaphrodisme ou reproduction bisexuée.

Débaptisons... Somnolons sous le juglan. Finissons-en avec les mots à double entrée et avec ces pendus qui, quelquefois, oscillent sous la couronne du grand noyer de la Sylve-Bénite. Oublions la racine bifide qui surgit à leurs pieds, nourrie de semence. Nos rituels d'adolescents n'intéressent personne, pas plus que la légende de la mandragore ou le juglan lui-même dont on prétendait autrefois qu'il était le gland de Jupiter.

Jupiter ou pas, je me caressais allègrement ce matin-là au-dessus des racines et, ma besogne terminée, faute de trouver la paix des sens ou de dénicher la fameuse mandragore, j'avais fini par m'assoupir à moitié nu au pied de l'arbre, la tête repliée dans mon coude. J'étais repu et dépité. Mon bras gauche dormait. Des voix d'enfants me réveillèrent un quart d'heure plus tard, traversant sans façon la futaie. Je sursautai, récupérai mes habits et, enfilant mon jean à toute vitesse, vis qu'une jeune femme - sûrement la maîtresse d'école - avait devancé son groupe d'élèves et se tenait debout face à moi, à deux mètres, me fixant du regard en mordillant ses lèvres. Sa main gauche désignait mon ventre qu'elle détaillait sans gêne, peut-être même avec un certain intérêt, une attraction de naturaliste. Elle me semblait très jeune et je supposai qu'elle savait déjà tout de la vie. Ses yeux me disaient de partir au plus vite...

Passe ta route, gamin, range cet instrument, ne me regarde pas, ton sexe est tout recroquevillé, ton âme est fripée elle aussi et ma simple présence te fige sur place. Dépêche-toi de disparaître.

En réalité elle ne prononça pas un mot, cligna seulement les paupières et fit un curieux mouvement du menton en direction de ce que je tentais de dissimuler. Je rougis jusqu'aux oreilles, me rhabillai maladroitement. Des milliers de fourmis me picotaient les doigts.

« J'ai le bras qui dort. »

Elle fronça les sourcils en pouffant de rire. Ce gamin à moitié à poil secouant son sexe et son bras endormi sous le noyer de la Sylve était un spectacle réjouissant. Elle gloussa, fit une petite révérence à mon appareil testiculo-urinaire mais ne tourna pas le dos immédiatement. Elle claqua la langue puis, malicieuse, recula de quelques mètres pour arrêter d'un geste les premiers élèves qui arrivaient. J'étais mort de honte. Je me cachai de l'autre côté du tronc. Je parvins à déguerpir avant le surgissement du gros de la troupe mais sa main tendue, son index ployé au-dessus de mon ventre, sa lèvre mordillée et son rire cristallin ne me quittèrent plus... J'étais comme pris au piège. Je connus immédiatement le désir, le dépit, la passion sans espoir, la ferveur, la prison amoureuse. J'appris peu à peu à me lover dans cette geôle. Je ne connaissais rien à l'amour mais j'espérais avoir semé un peu de confusion dans le cœur de mon égérie pédagogue, avoir suscité un minimum de trouble. Ses yeux s'étaient mis à briller et elle n'avait pas immédiatement tourné les talons. J'étais sûr qu'elle n'oublierait pas notre face-à-face. Elle devait penser encore à moi. Elle m'attendait quelque part.

Les beaux jours arrivaient et je partis faire le tour des villages voisins. J'enquêtai dans les secrétariats de mairie, traînai devant les cours d'école, sous les préaux ou à la sortie des cantines en quête de la beauté fatale qui m'avait vu tel que j'étais, nu, timide et puceau, reboutonnant ma braguette et secouant mon bras endormi. Cet entêtement à chercher la belle institutrice était ridicule mais je m'en fichais. J'essayais de me persuader que se rhabiller sous le juglan de la Sylve en affrontant son rire était déjà un privilège. En réalité, c'était une damnation, un chemin de croix. Elle m'avait surpris au pire moment, alors que se jouait mon honneur de gamin et que commençait pour moi une vie nouvelle. Oserais-je dire que, remontant en vitesse la fermeture éclair de ma braguette, j'avais violemment emprisonné un bout d'épiderme de l'appareil susnommé et que ce coincement terriblement douloureux m'avait quasiment coupé la respiration ? Oserais-je avouer que ce matin-là, *in fine*, il me fallut redescendre avec précaution la maudite tirette, extirper le lambeau de peau des dents minuscules qui le déchiraient puis zipper vaillamment en sens inverse ? Tout cela sous ses yeux, en un temps record et sans faire la moindre grimace.

Les gestes du timide tombent à plat. Ses mouvements sont contre-productifs. Ils n'atteignent pas leur cible. Ils s'arrêtent à mi-course et c'est en cela qu'ils sont beaux, qu'ils émeuvent et intriguent. Le geste du piteux raconte mieux la vie que tout écrit ou toute parole. Je me mordais les lèvres. Mon menton tremblait. Mes doigts hésitaient en remontant l'affreuse tirette. La douleur était intense et ses yeux riaient. Je dus me pencher en avant, me courber en deux sur ma braguette et, d'un geste vif et navrant, baisser le zip d'un coup. Grimace. Malaise. Cri à demi étranglé. Douleur et indignité... Pendant les secondes qui suivirent, je me trouvai totalement incapable de me rhabiller. Je relevai les yeux et la fixai avec bravoure, décelant quelque chose de précieux au-delà de son sourire moqueur, comme une douce inquiétude... Le côté risible de la situation passait à l'arrière-plan et, immédiatement, je l'aimais davantage. Je parvins à me rajuster, enfilai mon pull-over, attrapai le sac plastique que j'avais abandonné au pied du juglan, bourré jusqu'à la gueule de trompettes de la mort, bafouillai une phrase idiote. Elles étaient délicieuses, je les avais ramassées pour elle. J'ouvris le sac et avançai d'un mètre. La moitié des trompettes se répandit au pied du grand chêne, à l'endroit précis où, faute de supplicié pendu à sa branche, ma propre semence avait éclaboussé le tas de racines. J'étouffai un cri de honte, bondis en arrière et piétinai fiévreusement les trompettes. La belle institutrice se méprit sur le sens de mon geste.

Elle sourit, un sourire lointain, imperceptible. Voyant que j'allais partir, elle me tendit la main. J'étais au supplice. J'essayai de la regarder dans les yeux. Je l'aimais. Impossible de planter mes iris dans les siens. Je l'aimais trop. Je savais que c'était sans espoir. Aucune ouverture possible pour un gamin de mon acabit, timide de surcroît. Aucune promesse, aucune rédemption en ce bas monde sinon précisément à travers quelques gestes désavoués aussitôt qu'entrepris.

Elle me serra la main. Je me rendis compte que ses doigts étaient flasques et cette mollesse me dégrisa un peu. Les choses du corps sont incertaines. Je tournai les talons, partis dans l'autre sens en bafouillant que j'étais navré. Navré de quoi ? Elle rassembla ses élèves en haussant les épaules. Il paraît que les balbutiements émeuvent davantage que les profërations. Quelques instants auparavant, me décoinçant discrètement la peau du zob, j'avais bredouillé dans ma barbe une phrase du style « Même pas mal ! » qu'elle n'avait pas daigné relever, trop occupée à rire de ma nudité penaude.

Elle s'était détournée en claquant la langue puis, il faut le dire, m'avait fait une espèce de clin d'œil un peu vulgaire. Depuis, je me méfie des fermetures éclair autant que des gens qui claquent la langue. Je me méfie de l'amour. Je me méfie des fanfarons qui rient de leurs propres blagues, de ceux qui s'écoutent parler, de ceux qui sifflent entre leurs doigts ou font tout le temps des clins d'œil, des mains flasques aussi, bien sûr. J'ai probablement tort mais je me méfie de tous ceux qui ont tendance à en rajouter dans la connivence, à se mettre en avant, à illustrer par une foule de gestes plus ou moins éloquents la haute idée qu'ils se font d'eux-mêmes. Ceux qui oublient de s'oublier me font craindre le pire. Et enfin, parce que je n'ai jamais tout à fait oublié ma pédagogue, je me mets à frissonner dès que j'ai le bras qui dort.

13

Liberté d'expression

Environ quarante ans plus tard, au terme d'une rencontre polémique en bibliothèque, je vis quelqu'un se lever au fond de la salle, faire signe au modérateur et réclamer le micro. À ma grande surprise cette personne – une femme d'une bonne soixantaine d'années – mit fin en quelques secondes au débat houleux dans lequel j'étais empêtré depuis le début de la réunion. Elle toisa mon public et demanda à la cantonade si quelqu'un connaissait le juglan. Je fronçai les sourcils. Qu'est-ce que le juglan venait faire dans cette controverse sur le droit des écrivains à citer des personnes vivantes dans leurs ouvrages ? Je ne reconnus pas du tout la dame... Ses yeux brillaient. Elle écarta la mèche de cheveux qui lui barrait le front et expliqua que les juglans émettent un herbicide naturel qui empêche les autres végétaux de pousser dans les parages. Cette façon d'écarter les intrus, d'interdire à quiconque de surgir dans leur environnement immédiat – à moins d'être juglan soi-même –, me concernait moi puisqu'on me cherchait noise précisément pour avoir laissé apparaître dans les parages immédiats de mon livre des personnages encore en vie, et de m'appuyer sur ce qu'ils avaient dit de leur propre expérience. J'aurais dû m'abstenir, me méfier des étrangers, des sujets ectopiques. M'inspirer un peu de ces juglans dont je connaissais par ailleurs un fort beau spécimen... À l'évidence j'avais encore beaucoup à apprendre de la vie.

La femme poursuivit en disant qu'autrefois, dans les Terres froides, les adolescents partaient à la recherche d'une plante fameuse – la mandragore – censée surgir au pied des noyers au lendemain des suicides par pendaison. Selon la légende, cette plante mythique grandissait sur l'éjaculat des suppliciés. La dame me fixa de ses yeux malicieux et pouffa de rire. Rien ne grandit jamais sous la couronne d'un juglan. Quel supplice vous a-t-on infligé pendant votre enfance pour que vous portiez crédit à de telles inepties et que, de nos jours encore, vous alliez flâner à la Sylve-Bénite avant d'écrire vos livres ? Je protestai que je n'y avais plus mis les pieds depuis trois décennies. Elle haussa les épaules, me rendit le micro, claqua la langue, fit un petit signe de la main puis s'éclipsa en précisant qu'un prêtre de ses amis lui avait dit un jour que l'éjaculat était une prière émise avec ferveur. Rien d'autre qu'une prière émise avec ferveur.

Elle pouffa de nouveau et ajouta que les ados des Terres froides étaient tous gaulés comme des pingouins.

14

Un baiser sans moustache

Une longue minute le garçon fait jouer ses biceps dans la glace. Il traverse la salle de bains en retenant une grimace. Il se penche sur le lavabo, fronce les sourcils, plisse les lèvres, fait de nouveau la moue. Il lève sa main à hauteur d'yeux et commence à presser ses points noirs. Une ombre de moustache souligne sa lèvre supérieure. Il ne s'arrête pas de presser. Sa manière d'incliner la joue devant le miroir est assez désarmante mais le geste lui-même, qui requiert toute son attention, est très laid. Les résultats sont pitoyables. Sa peau est dévastée. Les boutons prolifèrent sur ses joues et son front. Tout cela est injuste et il a raison d'en vouloir à la terre entière. Il part faire son jogging en poussant des cris de Sioux. Son grand corps dégingandé disparaît à l'angle de la rue, gueulant à tue-tête que la vie est un baiser sans moustache.

15

Poings sur les yeux

Le bébé frotte ses paupières avec ses poings. Son petit corps potelé disparaît un instant contre la poitrine de sa mère puis il se redresse et comprime à nouveau ses yeux pour signifier qu'il est fatigué, qu'il est temps de retourner dans l'arrière-monde. Sa mère remet son soutien-gorge et boutonne sa chemise sans relever le caractère étonnant de ce geste répété tant de fois depuis la naissance, avec un tel naturel, une telle confiance en l'avenir. Il faut dormir à présent. La torpeur guette. Les petits poings fermés pressent les paupières et indiquent un impérieux besoin de sommeil. On ne peut concevoir une vie de nouveau-né sans ce signal explicite et convaincu. C'est l'un des plus beaux gestes qui soit, l'un des plus émouvants. Cependant il disparaît d'un coup, un beau jour, sans qu'on s'en aperçoive vraiment. Cet abandon minuscule, ce brusque défaut de geste est très énigmatique. Le bébé ne frotte plus ses yeux. Le bébé ne fait plus rien de surprenant avec ses poings fermés. Pourtant il continue à bâiller et à dormir. Nous continuons tous à bâiller et à dormir mais nos mouvements ont perdu leur spontanéité, leur candeur. À présent quand on se frotte les yeux, cela n'a rien à voir avec le besoin de somnoler, c'est juste qu'on peine à comprendre ce qui nous arrive.

16

Les mains libres

Il se prénomme Mounir mais, pour une raison mystérieuse, tout le monde l'appelle Ziquet. Il est sec, nerveux, musclé, endurant à la tâche et très ponctuel. Aucun défaut, donc, sinon qu'il est à moitié bègue et qu'il manque singulièrement de sens de l'humour. Côté finesse des traits, ce n'est pas glorieux non plus, mais on croise peu d'Apollon dans le bâtiment. Il n'est pas plus moche qu'un autre en réalité, moins en tout cas que notre patron avec sa calvitie précoce et la couperose héréditaire qui lui mange les ailes du nez dès les premiers coups de froid. Mounir est même assez beau. Enfin, beau comme tout le monde. Il bosse bien et il est excessivement raisonnable. On ne le voit jamais rire. Sourire oui, pouffer, se racler la gorge, plisser les yeux, glousser parfois mais rigoler franchement, non, jamais. J'en suis arrivé à la conclusion que ces deux empêchements relationnels – le bégaiement et le rire impossible – étaient peut-être mystérieusement liés. Ziquet n'arrête pas de s'empêtrer avec les mots. Il bredouille au milieu de chaque phrase, n'arrive jamais à tenir la longueur côté discours. Comment, dans ces conditions, pourrait-il la tenir côté rigolade ?... Comment laisser monter un fou rire quand la moindre phrase est bâillonnée au fond de la gorge, étranglée ?... Je me pose à nouveau ces questions en le voyant s'activer sur le toit, déclouer les dernières voliges, courir sans appréhension sur les sections de murs et, de temps à autre, tout auréolé de poussière, me gueuler en bégayant de mettre en route la bétonnière et de monter le rejoindre.

La météo n'est pas bonne. Le temps menace. Il faut accélérer la cadence. Nous avons passé la matinée à découvrir ce qui restait de la toiture puis nous avons scellé en vitesse deux ou trois poutres pour pouvoir déplier la bâche. Le plancher du premier étage – beaucoup trop instable et dangereux – a été démoli en début de chantier. Des chevrons bourrés de clous et des tonnes de gravats s'accumulent au rez-de-chaussée mais le temps presse et le patron a décidé que nous déblaierions plus tard, quand le bâtiment serait hors d'eau. Il revient du dépôt avec son camion rempli de sable et de gravier sur lequel il a sanglé une palette de ciment et quelques longueurs de fers à béton. Le devis ne prévoit pas de chaînage le long des murs périphériques : il a raison, les fissures repérées dans la façade de la maison, pas très larges, sont inquiétantes. Et un linteau est fendu à l'étage. Donc l'édifice bouge. Il faudrait profiter des travaux pour le stabiliser. Le propriétaire et le patron sont tombés d'accord à ce sujet. Il y a aura juste quelques légers surcoûts.

Je décharge en vitesse les sacs de ciment et attelle la bétonnière tandis que Ziquet descend pour m'aider à mettre en place l'échafaudage de fortune qui nous permettra de hisser les planches jusqu'au toit, les serre-joints, les ferrailles et le béton. Nous passons une demi-heure à monter cet échafaudage. Le reste de l'après-midi est employé à préparer le chaînage périphérique censé stabiliser l'édifice. Le vent du sud s'est mis à souffler. Une fois le coffrage terminé, Ziquet prépare le béton et je grimpe sur la plateforme. Pas le choix. Il va falloir monter les seaux à l'échelle. La météo est vraiment menaçante et le temps manque pour installer notre système de levage habituel à l'extérieur de la maison, une vieille sapinette qui nous aurait évité bien des efforts. Mounir est ravi. Il regarde le ciel en secouant la tête. Il n'a jamais aimé cette minuscule grue sans chariot, au socle instable et au contrepoids ridicule qui a déjà failli verser deux fois par le passé.

Vers le milieu d'après-midi, il propose de me remplacer en haut de l'échafaudage. Je commence à ressentir la fatigue. Il faut hisser à l'échelle les seaux remplis de béton, les déposer sur le plateau branlant puis, d'un coup de reins, les faire passer au patron qui s'impatiente au bord du toit. C'est éreintant. Ziquet prend ma place. Je descends m'occuper de la bétonnière.

Le travail continue, monotone et peu gratifiant.

Les premières gouttes commencent à tomber au moment où on finit de remplir le coffrage. Je me mets à laver les outils tandis que Ziquet descend récupérer une bâche dans le camion. Pendant ce temps le patron passe un dernier coup de taloche sur les sections de mur. Notre toiture est très simple, comme toujours dans le Sud, deux pans, une poutre faîtière, quelques pannes intermédiaires, des chevrons et ce chaînage périphérique que nous finissons de couler. Mounir remonte avec la bâche à l'épaule, une grande toile horriblement lourde l'obligeant à reprendre souffle à mi-parcours. Arrivé sur la plateforme, il la fait passer au patron qui file l'arrimer au faîtage de la maison puis la déplie le long des pignons. Le vent est en train de forcir. Le patron manque perdre l'équilibre plusieurs fois. Les bourrasques tourbillonnent dans la cour. Un des angles de la toile se détache et se met à battre autour de lui. Il essaie de la bloquer avec des parpaings. Une nouvelle rafale traverse la cour et le filin qu'il tient entre ses doigts lui échappe et claque violemment au-dessus de la faîtière. Le patron est sur le point de tomber, se rattrape *in extremis* et gueule à Ziquet de l'aider à maintenir en place ce putain de cerf-volant.

Le vent mollit un court instant. Mounir en profite pour récupérer le filin tandis que je cours au camion à la recherche de nouvelles sangles. Le patron finit par redescendre sur la plateforme. J'arrive devant l'échelle avec mon rouleau de sangles sur le dos mais, avant de monter, siffle entre mes doigts pour les avertir que l'échafaudage s'est décalé du mur et tangue dangereusement. Mounir hausse les épaules et me fait signe de me grouiller. Une seconde après, la bâche lui échappe de nouveau. Il pousse un juron, récupère tant bien que mal le bout de la corde, le glisse entre ses dents et, de ses mains libres, tire la toile à lui. Une bourrasque le rejette en arrière. Il écarte les bras et tente avec la dernière énergie de rabattre cette espèce de drapeau démantibulé qui lui tourne autour. Il se plaque entièrement contre le mur, appuie ses jambes, son ventre, son visage. Le patron fulmine mais fait de même de l'autre côté. C'est probablement la bonne méthode. La montgolfière commence à se dégonfler. Les deux hommes s'éloignent l'un de l'autre sur le plateau en bois et la bâche finit par s'aplatir contre les rangs de génoise, redevenant en une seconde la toile obéissante du début, un vulgaire morceau de tissu.

Ziquet se tient à la limite de la plateforme, tâtant du pied les échelettes de l'échafaudage. Nous n'avons pas eu le temps d'installer les garde-corps et les planches sont mouillées de pluie. La bâche se remet à voleter mollement autour de lui. Mounir prend appui contre un montant métallique pour la maintenir, son pied ripe, une nouvelle bourrasque gonfle la toile toujours retenue en haut du pignon. Il s'accroche à l'échelette mais la montgolfière distendue lui claque au visage. Surpris par la violence de cette gifle, il trébuche. Ses bras s'agitent en tous sens. Sa jambe cherche un soutien plus loin sur les planches, ne trouve que le vide. Il perd l'équilibre, ses mains griffent le crépi, il glisse de côté et, voilà, c'est trop tard. La pluie redouble et il bascule. Ses pieds ne s'appuient plus à rien. Il tombe. Il n'a même pas le réflexe d'agripper avec ses mains la corde qu'il retenait entre ses dents.

Alors le temps semble s'arrêter.

Ses gestes se ralentissent, se décalent, se décomposent. Il pousse un cri, plisse les lèvres. Bizarrement, pendant un dixième de seconde, son visage a l'air de remonter vers le haut, mais le filin claque et sa tête part violemment de côté. La toile s'envole brusquement au-dessus du toit pendant que Mounir plonge dans le vide en battant des mains. Il tombe. Il va s'écraser au sol, se démantibuler comme un pantin. Il se débat. Je vois son dos surtout, son dos qui arrive droit sur moi. Sept mètres de chute, peut-être huit. J'agrippe fébrilement les tubes de l'échafaudage. Une seconde, deux secondes, Mounir tombe avec une lenteur effrayante. Les décombres sont farcis d'éclats de bois et de métal, il va s'empaler sur les fers à béton. Je le vois plonger sans pouvoir réagir et soudain ce ne sont plus ses épaules qui se précipitent sur moi, c'est son flanc gauche et bientôt son visage, ses yeux grands ouverts, concentrés, qui fixent le sol montant vers lui à toute vitesse. Il le scrute intensément. Il n'est plus sur le dos, il vient de se retourner. C'est un félin. Il a pivoté sur lui-même aux deux tiers de la chute, et maintenant il se prépare à l'impact. Un spasme le traverse. Son corps se rejette latéralement une fraction de seconde, évite une ferraille dressée vers le ciel. Il écarte les jambes et, tendu comme un arc, s'affale bras en avant sur le tas de gravats. Il amortit la chute au maximum, valdingue de côté. Un chevron rouillé lui entame le dos de la main. Il roule jusqu'au sol et va percuter le mur du fond. Il se relève presque aussitôt avec un grand sourire. Il est indemne... Du sang coule sur son poignet. Il l'essuie, vient à moi en brossant ses habits, lève la tête vers la toiture et gueule au patron qu'il remonte lui prêter main-forte.

« Putain, Ziquet, on s'en fout ! Ça va ? Rien de cassé ? »

Mounir recule, écarte grand les bras pour montrer qu'il est sain et sauf avant de s'asseoir sur un moellon et de se bander tranquillement la paume avec un mouchoir. Je le fixe en écarquillant les yeux. Il est indemne, je n'en reviens pas. Il s'est retourné comme un chat. Cette pirouette en plein vol lui a sauvé la vie. Une acrobatie de cascadeur. Un geste fantastique. Bravo, Mounir ! Fallait vraiment le faire... Mounir réfléchit un instant puis, désignant son tee-shirt, ses baskets, son jean troué, dit que, par chance, il venait juste de retirer son anorak. C'est nettement plus facile les mains libres. Je hausse les épaules. Mains libres ou pas, son geste est vraiment extraordinaire. Il s'en fiche. L'œil brillant, il désigne les fers qui émergent des décombres et me demande si je connais la publicité du pressing Faure. Je secoue la tête. Il glousse. Son visage se ride de haut en bas en me récitant la pub.

« Vous avez fort à faire ?... Le fer de Faure fera l'affaire ! »

Il sourit en écarquillant les yeux.

« Vraiment trop fort, le pressing Faure !... »

Deux secondes passent. Je prends conscience avec retard qu'il nous a asséné sa plaisanterie minable sans du tout bégayer. Les mots ont l'air de lui ficher la paix tout à coup. Ils sont sortis tranquillement de sa bouche, l'un après l'autre, sans se contredire. C'était pareil avec la phrase d'avant. Son saut de l'ange semble l'avoir libéré de quelque chose. Il ne bégaye plus, je n'en reviens pas. Tu nous fermes vraiment le clapet, Ziquet. Tu as failli te briser les os sur le tas de gravats et ça te fait rigoler. C'est le contrecoup, bien sûr, mais ça me coupe la chique. Tu viens de chuter de huit mètres de haut, tu as échappé au pire et ne trouves rien de mieux que de réciter une blague lourdingue sans du tout bégayer, en pansant ta main sous l'orage. Il hoche la tête, inspecte son poignet, le plie trois fois de suite, le ramène sous son menton, noue le mouchoir avec ses dents puis passe une main dans ses cheveux et me sourit à nouveau d'un air las et très doux. Après quoi, les yeux brillants, il continue sa blague.

« Vous avez fort à faire ?... Faut pas vous en faire, c'est le fer de Faure qui fait l'affaire ! »

Puis, avec un rire gouleyant, moqueur, musical, modulé à la perfection :

« Faut le faire et, pour le fer, tu repasseras... »

Il me tapote l'épaule et file au camion récupérer sa tenue de pluie.

Donc voilà : une maxime débile, un Ziquet sain et sauf, un saut de l'ange faramineux, des conneries à la pelle, des tonnes de gravats à enjamber et nous, les couillons, les manards, nous nous fendons la poire comme des bossus...

La vie est cocasse. La pluie redouble, la maison de notre client prend l'eau et nous, on rigole. On se bidonne. On se fend la gueule, on rit comme des baleines tandis que le patron, tout en haut, empêtré dans la bâche kaki de l'armée américaine, se demande ce qui nous prend. De toute façon, il ne pige jamais rien. C'est normal. C'est nerveux. Seul le boulot l'intéresse. Moi, c'est plutôt les gestes du boulot, et l'argent bien sûr... Pour Mounir, qui vit seul, c'est le fric qui l'attire aussi mais surtout le besoin d'être reconnu comme travailleur. Le patron n'arrête pas de dire qu'il manque d'expérience, de confiance en lui. L'expérience est un peigne pour les chauves, pas vrai, Ziquet?... Il ferait mieux de la fermer, le patron, lui qui n'a plus un poil sur le caillou. Mounir hoche la tête et désigne sa tignasse abondante, indomptable, ses cheveux crépus dans lesquels aucun peigne ne pénètre jamais. Il se marre. Il a un petit vélo dans la tête. Il n'avait jamais chuté auparavant et, là, il s'en sort comme un seigneur. Cette façon de se retourner en plein vol, ce réflexe de survie quasi électrisé, est une véritable leçon.

C'est le plus époustouflant des gestes qu'il m'a été donné de voir. Il m'a accompagné ma vie durant. Il me poursuit encore. Il me revient en mémoire chaque fois que je perds les pédales, que je n'ai plus confiance en rien, que je bataille avec les mots, que je m'interroge sur la beauté du geste.

On dit que le plus beau des gestes est celui de l'esquive.

À cela Musset répond par cette phrase : « Les plus désespérés sont les chants les plus beaux. » Qui a raison ?... Le poète, le philosophe ou bien l'ouvrier Mounir qui se fiche complètement des chants désespérés et pouffe de rire en pansant son poignet ? Ou alors notre patron qui, renonçant à déplier sa bâche, nous rejoint une minute plus tard devant la bétonnière, contemple nos visages fatigués, nos ongles en deuil, nos doigts fendillés, nos cheveux gras et poussiéreux et, après une hésitation, ajoute sa connerie à deux balles à la mauvaise blague de Mounir.

« On est sale comme des peignes. On n'est pas beaux à voir mais il paraît que les types moches comme des poux baisent toujours des femmes excitées comme des puces. »

Il est fier de sa contribution. Il se tape les cuisses un moment puis envoie une grande tape sur l'épaule de Ziquet qui s'inquiète de la bâche militaire. On va en rester là. On arrête les frais. Il ne pleut plus. Le vent est en train de tomber et on a eu assez d'émotions pour aujourd'hui. On laisse la montgolfière remuer toute la nuit... On ne s'occupe plus de rien, on s'assoit tranquillement dans les décombres et on boit des coups. On taille le bout de gras.

Biture mémorable.

Trois jours après, une fois la maison entièrement hors d'eau, la bâche repliée, l'échafaudage démonté, la bétonnière attelée au camion et les gravats évacués, le patron fait ses comptes et en arrive à la conclusion que, finalement, c'était un bon chantier. Il est ravi. Il offre une prime en liquide à Ziquet, se fend d'une invitation au resto pour moi puis, l'air de rien, la bouche en cœur, au moment de partir, se vante d'avoir réussi à mettre le couvert avec la nouvelle comptable de l'entreprise le soir même de l'orage. Une vraie bombasse !... Il saute au volant de la camionnette. Les chauves sont des baiseurs de première ! Mounir, dubitatif, plante son index dans le gras de son cou et lui ressort sa pub sans du tout bégayer. « Faut le faire et pour le faire, tu repasseras. »

17

Croque-mitaine

Il est mort. Il est bien mort et, bizarrement, chacun l'interpelle, chacun le tutoie. Étrange, cette façon de parler à une boîte, de rendre hommage à son occupant en faisant mine de vouloir engager à voix haute une ultime conversation... Pourquoi apostropher un contenant recouvert de fleurs quand, à l'intérieur, son locataire n'entend rien, ne sent plus rien, est incapable de rétorquer quoi que ce soit ? Les vivants parlent aux vivants. Les trépassés se taisent. Je suppose que tutoyer un mort devant une assemblée en deuil permet d'afficher un moment de complicité spécifique, d'exhiber une intimité douloureuse ou de revendiquer un certain lien du sang. J'accepte les règles de ce jeu au dénouement prévisible mais, tout de même, nous sommes là pour acter une disparition. Le plus étrange dans cette histoire est que – église, crématorium ou cimetière – cette connivence avec le disparu ne se manifeste que face au cercueil, jamais face à l'urne. Pour tutoyer un mort, il faut que le corps soit enfermé dans des planches. Le cadavre tant aimé doit reposer au fond d'une boîte pour qu'on le prenne publiquement à témoin. On interpelle la bière, mais jamais le vase en aluminium, comme s'il y avait une certaine indécence à causer avec du métal, à apostropher des cendres.

Peut-être que l'orateur se parle à lui-même, qu'il dialogue avec sa peine et rêve que le défunt perçoive ce que nous autres, les survivants, écoutons en ravalant nos sanglots. Je contemple les couronnes de fleurs, les statues en plâtre, les vitraux laids. J'aimerais être dehors, en plein soleil. Ou peut-être tourner comme une mouche au-dessus de l'assemblée. Ou m'enivrer de vapeurs d'encens. Ou bien me faire aussi discret que le tronc de l'entrée, une petite boîte oblongue accueillant sans faillir les maigres dons des fidèles. Ou encore traîner sur le banc du baptistère, inutile et poussiéreux comme un vieux missel. Ne plus parler à personne, ne plus entendre l'hommage, ne plus écouter, ne plus penser à rien. Et peut-être oublier notre embrassade au moment de la mise en bière, ce dernier geste de tendresse et d'effroi. Oublier le baiser à l'inerte, au glaçant.

Qu'on le veuille ou non, chacun songe à sa propre mort en ces circonstances. Elle est là, qu'on côtoie de loin, du plus loin possible. Elle vient juste de passer, elle a fait son ouvrage même si, pour l'heure, elle nous épargne. Cette défection ne durera qu'un temps, nous le savons bien. Ici toutefois, le défunt nous donne une étrange leçon. J'ignore ce qu'il attendait de cet ultime face-à-face avec la mort mais, voilà, il s'y préparait. Il s'était mobilisé pour elle. Tous ses sens étaient aux abois. Il voulait profiter pleinement de cette dernière seconde de vie.

« Pour rien au monde je ne voudrais manquer ça. »

C'est ce qu'il avait rétorqué au docteur venu lui proposer des antalgiques, de la morphine à haute dose. Non, non, il ne voulait pas de drogues. L'autre, la gorge serrée, lui avait répondu qu'il comprenait. Il ne comprenait rien. Il aurait dû interroger son patient, lui demander comment il comptait honorer son ultime rendez-vous puisque, à l'évidence, il allait cesser de vivre au moment même de s'y rendre ?... Il n'aurait plus rien à observer. À la seconde même il n'existerait plus. Comment parier sur un dernier instant de clairvoyance si le corps n'est plus capable de rien ? Il n'y aurait pas de lucidité, pas d'accord, rien à glaner, pas de témoin, plus rien à récolter. Tout allait se fondre et se dissoudre d'un coup. Tout disparaîtrait à l'instant d'apparaître. La porte claquerait une dernière fois mais, pour lui, pas question de manquer cette déflagration pleine de promesses. Surtout pas... Il préférait souffrir plutôt que de méconnaître l'instant exact où sa vie foutrait le camp. Il voulait rester lucide jusqu'au bout, ouvrir grand les yeux, se concentrer sur la détonation. Il voulait affronter ces quelques secondes en toute clairvoyance. N'en rien perdre au moment où il perdait la vie.

Bien sûr, il l'a perdue, et il n'a soufflé mot en la perdant. Il était trop occupé, trop concentré sur l'événement. Il n'a rien laissé derrière lui, il a tout emmené dans la tombe. Je l'ai retrouvé au petit matin, banalement mort, banalement décoloré, allongé dans son lit, le menton tenu par une sangle. Peut-être m'attendais-je à découvrir quelque chose de singulier, un indice, un signal. Non, j'ai été soulagé qu'il soit gris et exsangue comme les autres, sans rien d'insolite sur le visage. Je l'ai embrassé, l'ai serré dans mes bras et, une heure plus tard, après que la chambre a été nettoyée par les infirmières, je lui ai lu un livre de haïkus avec mon fils Hadrien. Des haïkus de Bashô.

Je l'ai admiré infiniment. J'ai admiré et jalousé sa curiosité, ce besoin d'en savoir toujours plus en approchant du gouffre. Étrange désir de connaissance ou d'apprentissage au moment d'en finir avec le savoir, curieux théâtre de la vie à l'instant d'expirer, aussi incongru que celui d'essayer d'écrire présentement, de le décrire, d'employer encore des mots avec leur cortège d'approximations, parfois de ridicule. Le vieil homme venait de mourir et je lui ai lu de la poésie. J'ai laissé de côté les gestes que je n'avais pas accomplis, que j'aurais dû accomplir, je leur ai préféré des mots, des poèmes, des formules qui me sont passées sans ordre dans la tête, y compris certaines expressions ridicules, à ne pas prendre au pied de la lettre... C'était comme un baume, un pis-aller. Croque-mort par exemple. Aurais-je dû croquer son orteil pour vérifier qu'il était bien passé de vie à trépas ? Le faisait-on vraiment autrefois ? Doit-on croquer les mitaines des mains enfantines qui se protègent en hiver, toutes engourdies, toutes blanchies par les frimas avant d'admettre que les contes pour enfants sont cruels et que leur morale est incertaine ? Le geste est au cœur de la langue, particulièrement dans certains mots composés convoquant le corps, la bouche, le visage ou les mains. Les exemples sont légion. Les mots profitant du geste se faufilent entre les groupes d'endeuillés qui s'enlacent sur le parvis de l'église, pleins de sous-entendus, traçant leur route indocile alors que chacun se sépare avec un petit signe de la main, un signe navré et ravi d'en finir : croque-mort bien sûr, mais aussi peigne-cul, sot-l'y-laisse, passe-muraille, va-nu-pieds, tord-boyaux, traîne-savates, bouche-trou, tête-à-claque, coupe-jarret, crêpe-chignon, pique-assiette, pet-de-nonne, fesse-mathieu, etc., etc. Tout ce tape-à-l'œil langagier arrive pile-poil pour éviter de regarder la mort en face, dira-t-on.

À quoi je répondrai par des expressions passe-partout du type mâchefer, confiture de gratte-cul ou encore étouffe-chrétien. Puis je fermerai mon clapet. On n'en finit pas de faire des pieds de nez au langage. On est vachement lèche-cul.

Cette autre fois j'avais dû sauter au volant de ma voiture en pleine nuit.

Ma mère venait de mourir. Je me suis précipité à l'hôpital et là, une heure après, je l'ai trouvée engourdie mais tranquille, égale à elle-même, presque inchangée. J'ai frôlé son visage avec la main. On ne se touchait jamais dans la vie ordinaire tant les gestes de tendresse sont parfois inquiétants, et les peaux maladroites, celle de la mère plus encore que celle des autres femmes. Ce matin-là je l'ai touchée sans appréhension. J'ai caressé son visage tiède et j'ai senti clairement le froid qui gagnait peu à peu la partie. Elle m'offrait son restant de chaleur. C'était un cadeau rare, un privilège. J'avais le devoir d'en profiter jusqu'au bout. Je l'ai donc caressée jusqu'au froid complet et j'ai vieilli d'un coup. J'ai eu le sentiment de grandir aussi... Cette personne d'où j'étais sorti minuscule et brailleur, cette jeune femme qui m'avait mis au monde il y a si longtemps, et qui était à présent immobile, vieille et inerte, me proposait en mourant une ultime parcelle de vie. Le geste était venu de moi. Le don lui revenait tout entier. Il m'a semblé que le monde autour de nous retenait son souffle.

Je me suis juré de ne plus jamais toucher un mort.

J'ai tenu parole.

18

Pourquoi la tolérance ?

S'il y a un terme consensuel qui s'appuie sur un sentiment de supériorité détestable, c'est bien le mot tolérance. Celui qui tolère se place de lui-même sur un étrange piédestal. Il a une haute idée de sa personne et regarde autour de lui d'un air ennuyé. Il observe son voisin avec indifférence, parfois un léger mépris. Il supporte tout juste sa présence. Il ne l'aime guère, ne le respecte pas, ne s'en approche surtout pas. Il l'accepte du bout des lèvres et n'oublie jamais de se rengorger au spectacle de sa propre grandeur d'âme. Sa magnanimité est sans limite. Son sentiment de supériorité aussi. Il est admirable. Ne nous y trompons pas, il est juste hypocrite. Il se détourne, plastronne, refuse de tendre la main, ne fait pas un geste en direction de celui qui l'étonne ou l'inquiète. Il ne veut toucher personne, se méfie des différences mais se croit infiniment bon puisqu'il pardonne à l'autre d'exister. Le tolérant est un dédaigneux qui s'ignore, un tartuffe. Le vieil intitulé « maison de tolérance » achève de renseigner sur ce terme hiérarchisant et ambigu qu'on devrait réserver à certaines blagues lourdingues ou aux infractions mineures du Code de la route. Et encore, pas sûr.

19

Le pouls radial

Il m'avait effleuré par inadvertance. Ses doigts s'étaient immobilisés une seconde sur mon bras, frais et indécis, étonnés de se trouver là, de caresser une peau nouvelle, inconnue et bienveillante. J'étais tout aussi embarrassé. Je murmurai qu'il avait posé ses doigts pile à la saignée de mon coude. Cette expression dut lui déplaire, car son sourire se figea. Il retira vivement sa main. Sa grimace coupable était plus gênante que son geste involontaire du début et il ramena le bras en avant pour s'excuser, glissant ses doigts un peu plus bas, fraternellement, jusqu'à mon poignet. Là, par hasard, sans y être préparé, il capta un instant les battements de mon pouls, le pouls radial, une pulsation intime et insolite qui acheva de le défriser. Il recula soudain en se mordant la lèvre. Effrayé, un peu piteux même, il bafouilla quelques mots d'explication. Il n'y avait pas besoin d'explication : sa lèvre décolorée et ses yeux suffisaient. D'ailleurs il ne savait plus où les poser, ses yeux. Il ne savait que faire de sa main, de son trouble. C'est parfois ainsi que les hommes se comprennent, se rejoignent. Je n'ai jamais oublié ce brusque recul d'un corps qui perçoit un cœur.

20

Sauveteur

Les gestes des secouristes sont violents et charnels. Il n'y a aucune équivoque dans leur travail mais voilà, ce sont bien des lèvres qui se joignent sur le bas-côté de la route, entre les deux voitures accidentées. On n'ose imaginer ce que le sauveteur ressent à l'occasion de ce bouche-à-bouche. Rien, bien sûr. Rien d'autre qu'un sentiment d'urgence absolue. Le pompier se fiche des lèvres, souvent repoussantes d'ailleurs, entre lesquelles il doit insuffler de l'air, le plus d'air possible. Il souffle, il ranime, il masse à deux mains une poitrine affaissée. Il percute un cœur sans ménagement. Si le gril costal résiste, il percute davantage, brisant au besoin une côte ou deux : ce qui est en train d'expirer là-dessous demande de cogner. Ne t'endors pas. Cogne, percute, insuffle de l'air, percute encore. Ne pense ni au geste ni à sa beauté. Nous te buvons tous des yeux.

21

Marion lovée

Marion dépose une brassée de glaïeuls sauvages sur la table, traverse le salon en rabattant sur ses jambes le vieux pull de son père et, sans saluer personne, rejoint sa chambre. L'eau se met à couler dans la salle de bains du rez-de-chaussée. On entend la fillette chantonner sous la douche. Sa mère referme la porte du séjour et la réunion de chantier reprend.

Donc tout se déroule au mieux côté travaux. Les longrines sont coulées depuis environ trois semaines, la dalle porteuse est en place, les agglos à bancher sont déjà à mi-hauteur, l'excavation est en passe d'être comblée. Je rappelle à mes amis qu'il reste à implanter le local technique, à définir les margelles, puis à choisir – décision délicate et controversée – le revêtement intérieur de la piscine. Marion sort de la douche à ce moment-là, en short, une casquette blanche à la main et des tongs aux pieds. Elle a remplacé le vieux pull par une chemise à carreaux. Elle nc s'est pas séché les cheveux. Elle les presse dans l'entrée, me salue d'un vague mouvement de tête puis se laisse tomber sur le canapé à côté de son père. Je suis ravi qu'elle nous rejoigne et qu'elle participe à la discussion. Son avis compte. Elle m'écoute distraitement, en regardant par la fenêtre. J'explique qu'on peut choisir un enduit classique, ou alors un *liner*, ou un carrelage en céramique ou en pâte de verre, ou une coque en fibre, ou encore pourquoi pas un glaçage plus sophistiqué de type Marmorino. De ces différents matériaux dépendra la future couleur de l'eau. Marion, qui rêvait tellement de cette piscine, à l'air de s'en moquer éperdument. Elle balance ses cheveux en arrière, lève la main droite et regarde ses ongles en fronçant les sourcils. Elle se les fourre sous le nez tout en caressant le chat du bout de la sandale. Elle grimace. Le constat est sans appel. Elle a des doigts de bouffonne, des doigts boudinés, bourrés de peaux mortes, des ongles à moitié fendus, des lunules de nourrisson. C'est la loose. Son père hausse les épaules. Marion pousse un soupir malheureux avant de poser la tête contre son épaule tout en continuant à inspecter ses phalanges. Aussitôt le père s'écarte de quelques centimètres sur le canapé.

« T'aimes pas les câlins.

— On parlait de la piscine, pas de tes lunules. »

Marion répète qu'il n'aime pas les câlins. Elle lui demande s'il connaît le nom des brins d'herbes qu'elle a mélangées au bouquet de glaïeuls sauvages. Il regarde les tiges souples et dorées en secouant la tête.

« Folle avoine... Les glaïeuls sauvages fanent à toute vitesse. Ils piquent du nez en un rien de temps et c'est la folle avoine qui les maintient, c'est elle qui les empêche de flétrir complètement. T'es qu'un vieux glaïeul, papa, et moi un peu de folle avoine.

– Et pour la piscine, t'en penses quoi ?... »

Marion file à la cuisine en haussant les épaules. Elle revient avec un cornet de glace à la fraise qu'elle tourne pensivement devant ses yeux. Elle lèche la glace d'un côté, puis de l'autre, et finit par enfoncer la boule le plus loin possible avec sa langue. Une fois la boule disparue, elle croque minutieusement le rebord du cornet, dessinant tout autour une petite dentelle de gaufrette. Elle se tourne vers moi.

« On a les yeux noirs dans la famille... C'est moche. Pourquoi pas un enduit vert comme les yeux du maçon. Vert tilleul.

– Il a un prénom, que je sache, le maçon... »

Marion claque la langue. Je la connais depuis toujours. Je n'ai aucune raison de me formaliser. Je me lève et explique qu'on utilise rarement ce genre de teinte pour le glaçage des enduits - en tout cas le vert clair - car, du même coup, on risque de ne pas repérer les microalgues qui envahissent les piscines en période de grosses chaleurs. On ne verra pas que l'eau est en train de tourner. Marion termine sa glace. De la main droite, tout en dévorant la pointe de son cornet, elle entortille sa natte de cheveux. Elle goutte jusqu'au sol et vient asperger les oreilles du chat Pistache qui se réveille en sursaut et bondit sur ses pattes. D'un geste, Marion l'empêche de fuir. Elle l'attrape, le ramène sur son ventre. Il arrête de miauler, se frotte contre la chemise à carreaux, ronronne une minute ou deux puis s'échappe et file se faire les griffes sur le coussin d'à-côté. Il finit par retraverser la pièce et atterrit sur mes genoux. Marion l'appelle mais il l'ignore royalement. Elle se lève, les gouttelettes d'eau brillent à nouveau tout autour d'elle. Elle se passe la langue sur les lèvres. Elle s'est rincée trop vite tout à l'heure. Ses cheveux ont pris le goût du shampoing, ils sont salés, très amers. Elle les ramène dans son dos, claque les doigts, saute sur le chat, l'attrape par la peau du cou, ouvre grand la fenêtre du salon et le balance au fond du jardin.

« Il n'aime pas les câlins lui non plus. »

Marion a douze ans. Elle est au collège. Elle n'a pas la langue dans sa poche.

« Et toi, le maçon, tu n'aimes pas les chats...

— J'en ai deux à la maison.

— Ça ne veut rien dire. Les chats viennent toujours se blottir sur ceux qui ne les aiment pas. Ils adorent les caresses de leurs adversaires. Les mecs, au collège, c'est pareil. »

La mère fronce les sourcils. Marion traverse le salon et s'assoit sur la table basse. Elle a trop chaud. Elle déboutonne le haut de son sweat, retire ses baskets et, d'un geste très précis, balance sa casquette à l'autre bout, pile sur mon accoudoir.

Les gouttes d'eau valsent une fois de plus dans la pièce. Je répète ma question. C'est tout de même elle qui a insisté pour avoir une piscine et elle a forcément une opinion concernant l'enduit. En réalité, elle s'en fiche... OK, le portillon et l'allée en graviers lui filaient des boutons, les lauriers roses aussi, et le vieux platane au tronc fendu ne faisait presque plus d'ombrage, encore heureux qu'on l'ait coupé. Une piscine pourquoi pas ? Sauf que celle-ci est vraiment minuscule, un timbre-poste, mais ça va, elle fera avec... Elle baisse les yeux et, sans s'adresser à personne en particulier, marmonne que la couleur de l'enduit, elle s'en bat les couilles mais que, ça y est, elle a enfin choisi son tatouage. Depuis le temps qu'elle en rêvait ! Ce sera juste un petit truc sur le nombril, une fleur. Surtout pas de tulipe, de rose ou de marguerite. Une simple fleur des champs. De toute façon, c'est moche, les nombrils. Quand elle était gamine, chaque fin de week-end, elle gribouillait le sien au Stabilo.

La mère se récrie en disant qu'elle en aura marre de sa fleur des champs après une semaine. Et ça ne part pas comme ça, les tatouages, elle en sait quelque chose... Marion lève les yeux au ciel puis, excédée, quitte la table basse. Elle s'approche de moi pour récupérer la casquette. Après une seconde d'hésitation, elle se laisse tomber sur l'accoudoir de mon siège. Je lui souris. Les questions de maçonnerie l'indiffèrent, je le sais bien, ses darons la fatiguent et le glaçage de la piscine, elle s'en fiche éperdument, c'est un problème de riches. Elle a juste envie qu'on arrête la discussion. Je hoche la tête et, en une phrase, lui signale que ma fille aînée s'est fait mettre un piercing sur le nez. Au début, j'étais contre, mais elle a seize ans et je n'avais pas vraiment le choix.

« Quelle narine ?

– La gauche.

– Côté cœur, elle a raison. »

J'approuve d'un mouvement du menton. Marion jette un coup d'œil à ses parents, déplie ses jambes à côté de moi et, sans me demander mon avis, d'un geste très gracieux, très déterminé, les allonge sur les miennes. Elle répète que son père n'aime pas les câlins. Elle se passe la main sur le front et hausse les épaules. D'un simple mouvement du bassin, elle bascule complètement sur mes genoux... Elle s'y blottit tout entière. Je ne sais trop comment réagir. Je suis poussiéreux, transpirant, mal rasé, vêtu de mon éternel bleu de travail mais peu importe, elle se love contre moi avec un tel naturel, une telle innocence que notre débat technique, soudain, me paraît totalement désuet, ridicule. Elle se recroqueville contre mon torse. Ses cheveux sont mouillés. Je la reçois du mieux possible, sans trop savoir que faire de mes bras, de mes mains. Elle me fixe de ses grands yeux confiants. Je hausse les épaules à mon tour. Elle peut bien se blottir où elle veut, évacuer comme elle l'entend cette sorte de léthargie qui l'a gagnée pendant l'altercation, en réalité, j'ai l'impression qu'elle abandonne tout autre chose. Le peu d'armes qu'elle est parvenue à réunir au moment d'aborder la puberté ? Ses émotions d'enfants, ses désarrois, sa candeur ? Les ambiguïtés du monde adulte qu'elle va bientôt rejoindre ? Armistice... Je regarde ses parents, tout aussi surpris et embarrassés que moi. Langueur et loyauté vont de pair à présent. Il s'agit d'accepter les règles édictées par leur fille. Je ne suis qu'un réceptacle, un refuge sans émoi, sans fièvre, une simple garantie de bienvenue.

Tous les adultes ont connu ce genre de circonstance où l'enfant - annonçant par là même qu'il n'en est plus un - cherche ses repères en approchant un corps plus âgé et prétendument plus sage. Les anatomies sont bien là, qui s'appréhendent sans convoitise, qui se reconnaissent mais ne pèsent pas. Les corps se frôlent. Expérience, mise à l'épreuve ? Je me souviens des tout premiers gestes au moment de sa naissance, d'une beauté tranquille ceux-là : nourrir, laver, habiller, bercer, rassurer. Et puis, voilà, douze ans ont passé. Au détour d'une discussion sur un revêtement de piscine, Marion investit comme une anguille mon corps de vieux copain, mon corps d'artisan inquiet et fatigué. Mes muscles la retiennent, mon bleu de travail doit l'incommoder mais rien n'y fait : elle s'y love tout entière. J'essaie de lui retourner honnêtement la tendresse active qu'elle y dépose. C'est elle qui convoque. Elle qui vérifie. Elle qui éprouve son corps en s'abandonnant au mien. Elle ne sait encore rien du désir, de la véhémence et de l'ardeur, mais elle devine qu'il n'y aura plus jamais d'échappatoire à ce début de trouble qu'elle explore et qui, comme souhaité, n'en suscite aucun en retour. Pour honorer cet embarras, cette limite douce, elle se love davantage. Elle sollicite une peau familière. Elle ne veut pas de réponse. Cette intimité sans promesse ni ambiguïté la rassure.

Peut-être que, malgré tout, elle lui ouvre un peu la porte de l'autre monde.

Et nous, les hommes, les sollicités, nous restons abasourdis au seuil de cette porte, sans moufter. Passé l'enfance, le geste de se blottir est d'une beauté étrange. C'est sa propre enveloppe que Marion explore, son enveloppe pleine de grâce et pleine de sensations. Confondu par tant de confiance, je lui caresse la nuque et elle se blottit davantage. J'en oublie la piscine, le regard étonné des parents et, déconcerté par cette façon enfantine mais sexuée de se blottir, je comprends qu'elle a besoin d'éprouver subrepticement l'ambiguïté des peaux, la sienne comme la mienne, pour s'en déprendre.

C'est comme une leçon de vie.

Une veine bleutée court sur sa tempe droite, ses deux poings sont fermés. Elle respire doucement. Elle est paisible. Je ne serais pas surpris qu'elle se mette à ronronner comme Pistache tout à l'heure, ou à ronfloter. Ses joues sont duveteuses, sa bouche aussi colorée que la boule de glace. Elle est probablement en train de s'endormir mais non, elle rouvre soudain les yeux, elle les rouvre et me sourit. Elle fronce les sourcils en s'apercevant que les pans de la chemise découvrent son nombril - celui qu'elle va fleurir bientôt. Elle les noue d'un simple geste de la main puis, d'un simple mouvement des hanches, se redresse, bat des paupières et, d'un coup, se retrouve à califourchon sur l'accoudoir. Ses yeux sombres me fixent un instant. D'une petite voix fluette, elle affirme que les garçons ont beau se la péter au collège, ils ne tentent jamais rien avec elle... C'est la misère, le néant complet, rien de rien, que dalle, exactement comme les animaux et les vieux. Elle soupire. De toute façon pour elle, c'est bâché, y a rien à voir... Elle saute sur ses pieds, récupère ses sandales et sort de la pièce en me montrant du doigt. Pour la piscine, elle dit à son père de choisir le vert tilleul.

22

Embuscade

Les doigts du chirurgien entaillent la peau d'un seul geste, avec une précision stupéfiante. La main du chef d'orchestre immobilise le temps au bout de sa baguette. Le matador au dos cambré multiplie les passes avant de ployer le genou pour l'estocade. Les bouches des amants s'entrouvrent, leurs langues se mêlent, leurs sexes se pénètrent avec allégresse, sauvagerie, rancœur, parfois même avec bonté mais il s'agit de turbulences ou de remue-ménage, jamais vraiment de gestes. Le collégien fait un doigt d'honneur au chauffeur du car scolaire qui l'ignore ostensiblement. L'un s'en bat l'œil. L'autre s'en tape le coquillard. Le sportif considère la beauté même de son combat, pas seulement son issue et, en cela, ressemble à l'amoureux. La vérité de tous ces gestes n'est évidente que si la défaite se profile, que si la fatigue ou la faute sont là, menaçantes, en embuscade. Ainsi l'éreintement de l'artiste est fascinant, avec ses méprises incessantes, ses brusques effondrements, ses espoirs fous qui le rendent si fragile et beau, engagé à corps perdu dans la quête de la couleur exacte, du chant qui bouleverse, du mot juste.

Oui, le quotidien peine à nous éblouir mais parfois, après l'embuscade, un simple geste, un livre ou un poème suffit à tout illuminer...

Qui se contente est riche.

Table

Cet ouvrage a été composé par IGS-CP

Imprimé en France
par DUPLIPRINT
733, rue Saint-Léonard, 53100 Mayenne
novembre 2022 - N° 2978448S

DUPLIPRINT est titulaire du label imprim'vert®